# 마음의 고향

이 도서의 국립중앙도서관 출판예정도서목록(CIP)은 서지정보유통
지원시스템 홈페이지(http://seoji.nl.go.kr)와 국가자료종합목록 구축
시스템(http://kolis-net.nl.go.kr)에서 이용하실 수 있습니다.
(CIP제어번호 : CIP2020013910) )

김정호 수필집

# 마음의 고향

**인쇄**| 2020년 4월 20일
**발행**| 2020년 4월 25일

**글쓴이**| 김정호
**펴낸이**| 장호병
**펴낸곳**| 북랜드
　　　　06252 서울 강남구 강남대로 320, 1108호(황화빌딩)
　　　　대표전화 (02) 732-4574 | (053) 252-9114
　　　　팩시밀리 (02) 734-4574 | (053) 252-9334

**등 록 일**| 1999년 11월 11일
**등록번호**| 제13-615호
**홈페이지**| www.bookland.co.kr
**이-메 일**| bookland@hanmail.net

**책임편집**| 김인옥
**교　　열**| 배성숙 전은경

ⓒ 김정호, 2020, Printed in Korea

ISBN 978-89-7787-924-9 03810
ISBN 978-89-7787-925-6 05810(e-book용)

* 저자와의 협의하에 인지를 생략합니다.
* 잘못된 책은 바꾸어 드립니다.

값 15,000 원

김정호 수필집

# 마음의 고향

북랜드

| 발간사 |

# 함께 나누고 싶은 마음

세월이 화살처럼 지나간다. 백수에게는 남는 게 시간인데 유수 같은 세월이 하염없이 가는 것 같다.

등단한 지 10년이 훌쩍 넘었으니 강산이 한 번은 바뀐 셈이다. 겨우 수필집 한 권을 내고 강산이 바뀌었다. 여러 가지 사정으로 책을 한 권 더 내지 못했다. 재임 시에 책을 한 권 발간해 보았다. 제자들을 만나러 간다는 마음으로 『20년의 약속』을 비매품으로 발간했으니 수필집이라 하기에는 부족했다.

그러고 『좋은 만남』을 출판하고 8년이라는 세월이 흘렀다. 그동안 월간지 계간지 연간지 등 등 기고한 글이 여기저기 흩어졌다. 다시 한번 글을 모아 두기로 마음을 내었지만 여러 가지 여건이 어려웠다. 대구지부 연금공단 상록봉사단 수필창작반에서 강의하면서 문우들과 공부한 지도 어언 6년이 지났다. 부족한 강의를 수강해준 문우들에게 감사를 보내며 책을 만들어서 함께 나누고자 한다.

또한 나에게 수필의 길로 안내해준 현산 이현복 교수님에게 깊이 감사드리며 늘 멘토를 해준 한국수필가협회 장호병 이사장님께도 감사를 드린다.

나의 곁에서 격려와 박수를 보내주는 가족과 형제들 그리고 사랑하는 나의 주변의 그림자 같은 지인들과 친구들에도 감사를 보낸다. 오늘이 있기까지 지켜주고 보호해주신 하나님께 깊은 감사를 드린다.

2020년 3월 Agape 별서에서

푸른숲[靑林] 김 정 호

# 차례

■ 발간사 함께 나누고 싶은 마음

## ① 되돌려주기

명절 나누기 ································· 14

결혼기념일 ································· 17

되돌려주기 ································· 22

동지 팥죽 ································· 26

술과의 인연 ································· 29

말즘 ································· 33

사람 노릇 ································· 36

빛바랜 흑백사진들 ································· 39

아버지, 나의 아버지 ································· 44

좋은 습관 ································· 49

열매 따기 ································· 53

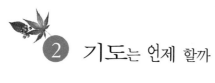

## 2 기도는 언제 할까

심향 만만리 ···················· 58

귀농 귀촌 ···················· 63

기도는 언제 할까 ···················· 66

그때가 좋았다 ···················· 70

보이는 것과 보이지 않는 것 ···················· 73

성직자의 일탈 ···················· 77

면역력 키우기 ···················· 82

애인이라는 말 ···················· 86

지나치면 ···················· 90

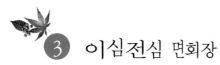

**3** 이심전심 면회장

어떻게 돌려줄까 ································· 96

의술과 인술 ····································· 99

이심전심 면회장 ······························· 103

자격증 ·········································· 109

젊어 보이기 ····································· 114

최후의 보루 ····································· 118

이 사람들에게만 나의 죽음을 알려라 ·········· 123

어떻게 부를까 ··································· 127

확인하기 ········································ 132

하늘의 물과 땅의 물 ···························· 136

## 4 제자의 선물

20년의 약속 ···································· 142

구룡포와의 깊은 인연 ························ 147

제자의 선물 ·································· 153

뜻깊은 졸업식 ······························ 157

아름다운 기부 ······························ 162

오래된 추억 ·································· 166

이달의 스승 ·································· 169

우연히 만난 제자 ···························· 172

정든 땅－울릉도 ···························· 176

제17회 세계잼버리 회상 ···················· 181

## 5 여행의 조건

가슴 사랑 ···················································· 188

가깝고도 먼 나라 ······································· 192

여행의 조건 ················································ 196

빈손으로 가지 마라 ··································· 200

이별 연습 ···················································· 203

정남진 ·························································· 206

평화공원 ······················································ 209

## 6 그냥 가세요

사람 냄새 ·················································· 214

노후 체험 ·················································· 218

그냥 가세요 ·············································· 222

Agape의 집 ·············································· 226

작은 결혼식 ·············································· 231

육군 3총사 ················································ 235

반세기 만의 재회 ····································· 240

보름달과 동심초 ······································· 244

우째 이런 일이 ········································· 248

차라리 태어나지 말지 ······························ 251

# 1

## 되돌려주기

# 명절 나누기

기쁨은 나누면 배가 되고 슬픔은 나누면 반으로 준다는 말이 있다. 나누면 좋다는 말이다. 기쁨도 슬픔도 서로 나누면 순기능이 작용한다. 명절도 나누면 즐거움이 배가 되지 않을까.

우리나라 큰 명절은 추석과 설이다. 둘 중에 어느 것이 더 좋다고 말하기는 어렵다. 사람과 가정에 따라 다르기 때문이다. 어릴 때는 명절이 기다려지고 무척 좋았다. 하지만 어른들에게는 명절이라고 마냥 즐거운 것만은 아니다. 언제부터인지 명절증후군이라는 병이 퍼지고부터 명절이 고통인 사람도 적지 않다.

왜 명절이 즐겁지 않을까? 오가는 교통의 어려움, 모처럼 많은 사람들이 모여서 먹고 마시고 하는 음식 준비, 또 한 가지 더 있다면 어른과 아이들에게 주어야 하는 선물 준비 등이 아닐까.

오가는 어려움은 참을 수 있어도 음식 만드는 괴로움과 선물

주고받는 일이 큰 스트레스라고 말하는 사람이 상당하다.

명절을 나누면 모든 고통을 반으로 줄일 수 있지 않을까. 몇 해 전에 나는 아우들과 명절 나누기를 의논했다. 추석과 설에 모이는 것을 한 번만 모이면 어떠할까? 아우들이 대부분 찬성하고 제수弟嫂 씨들이 반기는 눈치다. 설날 모이고 추석날은 각자 집에서 명절을 보내기로 하였다.

손님맞이 준비로 늘 분주하던 우리 집이 편해졌다. 칠 남매 장남의 집은 명절이면 왁자지껄했는데 조용해졌다. 처음은 조금 서운했다. 하지만 2~3년이 지나니 서운하기보다 편함을 느꼈다.

올해 추석에는 딸아이가 며칠 전부터 전화를 한다. 추석날 자기 식구들과 야외로 나가자고 졸라댄다. 명절날 움직이는 것은 잘 생각해야 된다. 섣불리 나서다가는 교통 체증에 걸려서 꼼짝 못하는 일이 생길 수 있다. 우리 고향 부근에 펜션을 예약해두었으니 걱정 말라고 달랜다. 추석날 집을 나서기가 좀 어색했지만 딸과 사위의 간청을 들어주기로 부부가 약속했다.

생각만큼 길이 밀리지 않았다. 고향 부근이라 샛길을 잘 알고 출발했기에 쉽게 도착되었다. 추석날 펜션에 오는 사람이 거의 없으리라 생각했는데 숙소가 만원이라니 놀라운 일이다. 저녁 무렵 되니 예약된 사람들이 모두 들어왔다. 제일 큰 숙소에는 노래방 기기가 돌아가고 노랫소리가 밖에 까지 들린다. 대가족이 이동해 왔다.

이번 추석은 슈퍼문을 볼 수 있었다. 보름이라 달이 크지만 슈퍼문이라 더욱 밝았다. 모처럼 초롱초롱한 별도 무수히 보았다.

어린 시절 은하수를 보면서 별똥별을 수없이 보았던 기억이 파노라마처럼 지나간다. 귀뚜라미 소리도 정겹다. 오랜만에 고향에 온 것 같다. 모처럼 밤잠을 달게 잤다.

명절 풍속도가 바뀐 것이다. 추석이라고 꼭 집에 있어야 된다는 고정관념이 사라졌다. 아침에 일어나 산책을 하였다. 펜션 아래에는 오토캠핑장이 있다. 거기도 만원이다. 젊은 부부들이 아이들을 데리고 야외로 왔다. 심지어 애완견도 함께 온 가족이 있다.

아침 이슬을 밟아보니 하얀 은모래를 밟은 듯이 마음이 상쾌하다. 가까운 저수지 위에 물안개가 자욱하다. 이름 모를 새들이 반갑게 아침인사를 한다. 개울물이 졸졸 흐른다. 시곗바늘이 거꾸로 돌아가서 어릴 적 고향 산천을 바라보는 것 같다.

산책에서 돌아오니 딸아이가 아침 식사를 준비한다. 아이들도 부스스 잠에서 깨어난다. 아침 식사를 맛있게 했다.

마음을 바꾸어 명절을 나누어 보니 주위 사람들이 편해지고 나도 편하다. 추석날 집을 나선다는 것이 생각도 못 했지만 모처럼 고향에 가서 옛 추억을 더듬으며 하루를 즐겁게 지냈다. 나누는 것은 정말 좋은 것이다.

# 결혼기념일

요즘 기념일이 너무 많은 것 같다. 대부분 나이든 사람들은 무슨 날인지도 모르고 지나기 일쑤다. 생일도 잊어버리고 사는 사람들이 있는데 기념일이 대단한 것도 아니다.

하루는 아들 녀석이 저녁 무렵에

"아빠 오늘 무슨 날인지 아세요?"

나는 어리둥절해서

"글쎄 무슨 날인가?"

"남자가 여자에게 사탕 주는 날입니다."

"그래?"

"엄마에게 사탕 드렸어요?"

"아니."

아들이 사탕 한 봉지를 주면서 늦었지만 엄마가 오면 주라고 한다. 내심 우습기도 했지만 받아서 아내의 화장대 앞에 두었다. 늦게 퇴근한 아내가 사탕봉지를 보고서 미소를 짓는다.

일년 중에 기념일이 많은 달이 5월과 10월이다. 5월은 가정의 달이며 청소년의 달이다. 5월 1일 근로자의 날로 시작해서 31일 바다의 날까지 행사가 하루가 멀다 하고 빼곡하다.

그중에도 5일 어린이날과 8일 어버이날이 거국적이며 가정마다 분주하다. 몸도 마음도 바쁘고 돈 들 일도 걱정이다. 행사가 많은 5월에 나는 결혼을 하였다.

결혼을 하고 기념일이라고 별나게 챙겨본 적이 거의 없다. 그냥 지나기가 일쑤였다. 하지만 결혼 20주년이 되었을 때 아내가 고생한 것이 마음에 걸려서 선물을 한번 마련해주었다. 아내를 데리고 백화점에 가서 백만 원어치 선물을 사라고 했더니 아내가 어리둥절해서 나를 쳐다보면서 "여보, 정말이오?" 한다. 백화점 일층에서 십층까지 몇 번을 오르내리면서 아내는 겨우 이십일만 원어치 선물을 골랐다.

나는 속주머니에서 백만원 다발을 꺼내어 계산을 해주고 아내와 차를 타고 집으로 왔다. 집에 도착하자마자 아내는 자기를 위해서 마련한 돈이니 나머지를 다 달라고 조른다. 나는 선물을 사주기로 한 것이지 현금은 줄 수 없다고 버텼지만 이길 수가 없었다.

아내는 어떻게 거금을 모았느냐고 문초(問招)를 시작했다. 지금부터 20년 전이니 월급을 '삥땅'해서 모으기는 쉬운 일이 아니었다.

제자 한 명이 우체국에 취업이 되어 나에게 적금을 하나 들어 달라고 부탁을 해서 3년간 보충수업비로 부은 것이다. 아내는 사실을 알고 눈시울이 뜨거워지는지 돌아섰다. 아내에게 3년간 모은 거금을 빼앗겼지만 기분이 나쁘지 않았다.

올해 결혼 40주년이다. 강산이 네 번이나 바뀔 동안 어렵고 힘든 일을 말없이 참아준 아내에게 감사한 마음이 없는 게 아니다. 내가 결혼할 때 처가에는 반대하는 사람이 몇 명 있었다. 가장 반대한 사람이 큰 처형이다. 자기가 없는 집 맏며느리로 살아보니 죽을 고생을 하는데, 여린 동생을 칠남매 맏며느리에 종부宗婦로 보낸다는 것을 찬성하지 않는 것이 당연했다.

가면 고생하는데 몸도 약하고 직장 생활하는 동생을 좋은 혼처에 보내고 싶은 마음은 인지상정人之常情이다. 나도 바보였다. 아내에게 나와 결혼을 하면 고생을 보람으로 생각해야 된다고 말했으니. 아내도 멍청했다. 미소를 지었으니. 바보와 멍청이가 어언 40년을 살았으니 기적 같다. 결혼 40주년을 벽옥혼식碧玉婚式이라 한다. 50주년 금혼식金婚式을 기대해본다.

아내와 나는 결혼을 하고 동생들 뒷바라지에 허리가 휘었다. 홀어머니를 모시고 5남 1녀를 공부시켜 시집 장가보냈으니 쉬운 일이 아니었다. 아내는 나와 결혼한 것이 아니라 우리 집을 위해 시집을 온 것이다. 가끔 아내가 동생들을 보면서 집이 몇 채라고 말할 때 나는 대꾸를 하지 않는다. 어쩌면 맞는 말일지 모르기 때문이다. 인생사人生史를 전부 돈으로 계산할 수는 없다.

아우들은 학교를 마치고 직장을 잡고 그런대로 우리의 기대를 저버리지 않았다. 하지만 IMF의 찬바람은 우리 형제들을 비켜 가지 않았다. 나는 아우들이 자립해서 사는 것이 기특하기도 하고 대견스러웠다. 아우들이 나에게 부탁을 하면 거절하지 않았다.

성서聖書에 '보증은 서지 말라' 하였는데 나는 아우들을 남다르게 믿었다. 아내와 의논 없이 부탁하는 대로 인감을 떼어서 보증을 해주었다. IMF의 거센 바람이 우리 형제들을 가만 두지 않았다. 아내 모르게 한 일들이 모두 들통이 나버렸다. 아내는 완전히 삐쳤다. 자기 모르게 한 일이니 알아서 하라면서 외면했다. 아내의 도움 없이 해결은 불가능했다. 집을 저당한 것은 아내도 어쩔 수 없이 도와주었지만 공무원 재직증명으로 보증한 것은 해결이 되지 않았다.

졸지에 나는 신용불량자가 되었다. 체면이 완전히 구겨졌다. 아우들도 미안해했지만 방법이 없었다. 궁즉통窮卽通이랄까 하늘이 무너져도 솟아날 구멍이 있다더니 나는 금융기관을 찾아가서 상담을 하였다. 자초지종을 듣고 나더니 길을 안내해주었다.

그 후 아파트로 입주할 무렵 아예 등기를 아내 명의名義로 해주었다. 처음은 아내가 의아해하더니 좋아하는 눈빛이 역력했다. 취득하는 부동산은 거의 아내 이름으로 등기를 하게 했다. 나는 장손長孫과 가장의 권위를 내려놓았다.

아우들은 IMF가 지나가고 사업이 점차 좋아져서 구겨졌던 나의 체면을 세워주었다. 이제는 누구도 나에게 보증을 서 달라는 부탁은 하지 않는다. 그런 일이 있은 후로 아우들은 나보다 아내의 말을 더 잘 따르게 되었다. 괴롭고 힘든 터널을 빠져나왔다.

아마 많은 국민들이 함께 겪은 고통이었으리라. 지나고 나면 고생담苦生談은 재미가 있지만 그 당시는 힘겹고 짜증나며 죽을 지경이다.

결혼 40주년 짧은 세월이 아니다. 이번에는 아내에게 IMF 때에 몽땅 처분해버린 결혼 예물 중에 실반지 한 개라도 해주고 싶다. 굳이 적금을 들지 않아도 그 정도 능력은 나에게도 생겼다. 아마 아내가 기뻐하지 않을까.

# 되돌려주기

사람이 흙에서 왔으니 흙으로 되돌아간다. 나라마다 장례문화가 다르다. 종교에 따라서도 다르다. 화장火葬을 하는 나라, 조장鳥葬을 하는 나라도 있다. 화장을 하거나 조장을 하면 흙으로 돌아가지 못한다고 생각되지만, 질량불변의 법칙을 생각해보면 우주의 모든 물질은 돌고 돌아 흙으로 공기로 되돌아가게 되어 있다.

오래전에 어머니의 칠순잔치를 하였다. 아우들이 어머님께 금반지 금목걸이 브로치 등 선물을 하였다. 아버지가 일직 별세하시고 칠남매를 돌보고 키워서 출가시키고 걱정과 고생이 이만저만이 아니었다. 장남인 나는 어머니와 상의하면서도 어머니의 자상하심에 늘 놀라웠다. 막내만이 결혼을 시키지 못하고 칠순이 되었다. 이듬해 막내도 배필을 만나 혼례를 하였다.

어머니는 사람이 할 일을 다 마치셨다고 기뻐하셨다. 이게 어찌된 일인가 갑자기 어머님이 자주 병원에 드나들기 시작했다. 긴장의 끈을 놓으시니 병마가 가까이 온 것이 아닌가? 자식들 집을 여기저기 오가시더니 그만에 병원에 자주 가게 되었다. 그러고는 집에만 거의 계셨다.

설 명절이 되었다. 형제들이 모두 모였다. 차례가 끝나고 세배를 받으시고는 자식들과 며느리들을 모두 불러서 앉게 하시더니 "내가 이제는 언제 갈지 모르겠다. 형제간에 우애 있게 지내고 지난날 고생한 것을 늘 명심하라."고 일러주셨다.

그러고는 칠순잔치 때 받은 금반지 목걸이 등 선물을 제수씨들에게 나누어주었다. 받은 대로 되돌려준 것이다. 나는 한동안 의아했지만 가만히 어머니의 처분을 바라보았다. 죽음을 어머니는 준비하고 계셨다. 당신이 받은 것을 그대로 되돌려주는 거다. 마음이 무거웠다. 하지만 어머니의 처사는 옳고 바르다. 어머니는 그 후 2년 후에 타계他界하셨다. 되돌려주기도 쉬운 것이 아닌데 어머니는 쉽게 그렇게 보여주셨다. 받은 것을 되돌려줄 수 있다면 좋은 것이 아닌가.

여러 해 전에 미네소타 공항 대기실에서 좋은 글귀를 하나 발견했다. '은혜는 마음 판에 새기고 원한은 모래판에 새겨라.' 은혜는 마음 판에 새겨서 최대한 갚아야 한다. 꼭 당사자에게 갚지 않아도 또 다른 사람에게 베풀면 간접적으로 갚는 것이다. 예수는 '소자 하나에 행한 것이 나에게 행한 것과 같다.'고 하였다. 간접적으로 베푼 것도 같다는 의미이다. 은혜를 입고도 배은망덕背恩忘德

한 사람들이 없는 것이 아니다. 메마른 사회다.

시골에서 대구로 이사를 와서 전셋집을 열 번이 넘게 다니고 나니 가족들이 힘이 들었다. 내 집 마련이 예나 지금이나 쉽지 않다. 어머니의 고생을 조금이라도 덜어야겠다는 생각으로 내 집을 마련하려고 백방으로 알아봐도 내가 가진 돈으로는 쉽지 않았다. 돈을 빌려야 가능했다. 은행의 문턱은 서민들에게는 결코 낮지 않다. 친척집을 알아봐도 어렵다. 속담에 '돈을 빌리러 가는 것은 슬픔을 빌리러 가는 것.'이라 했다. 슬픔을 빌리기가 정말 어렵다. 자존심이 상하고 말해서 성사되지 않으면 비참해진다.

나는 동서가 두 명이다. 위로 한 명 아래로 한 명 내가 중간이다. 큰동서가 재력이 좀 있지만 말하기가 어렵다. 아내가 용기를 내어서 큰동서 집에 갔다. 아내가 환한 얼굴로 집에 와서 해결이 되었다고 말한다. 통장과 도장을 주면서 알아서 찾아 쓰고 이자 없이 천천히 갚으라고 했다. 구세주를 만났다. 너무나 고마웠다. 내 집 마련이 해결되었다.

그렇게 오래되지 않아서 큰동서 통장을 채워서 갖다 드렸다. 벌써 다 채웠느냐고 대견해했다. 그 후 나는 큰동서 집에 대소사 일에 성심껏 참여했다. 친형제보다 더 깊은 우정이 들었다. 큰동서 역시 집안일 소소한 것도 다 말해주며 의논도 했다.

약 2년 전부터 큰동서는 크고 작은 병으로 병원에 자주 가며 큰처형도 병원에 가는 횟수가 늘어났다. 가사정리를 하여서 자녀들에게 증여로 유산을 거의 정리하였다. 자녀들에게 그동안 받은 반지를 비롯한 패물들을 가져온 자녀들에게 그대로 되돌려주었다고 했다. 우리 어머니와 똑같이 정리하였다. 좀 서운했다. 가는 길이 보이는가 보다.

어제 큰동서 집에 들렀다. 처형이 아내를 부르더니 목걸이를 주면서 "네가 가져온 거다. 가져가거라." 한다. 갑자기 아내는 서운하고 언제 언니에게 주었는지 생각이 나지 않는다고 한다. 돌아오는 발걸음이 가볍지 않다. 되돌려주기가 시작되면 흙으로 되돌아갈 준비를 해야 된다는 생각이 머리에 맴돌고 있다. 하지만 되돌려주기를 잘하는 것이 인생을 잘 정리하는 것이라 생각되었다.

# 동지 팥죽

나이 드는 것을 좋아할 사람은 거의 없을 것 같다. 나이를 물어보면 5학년 2반 또는 6학년 7반, 하면서 농담조로 답하는 것을 종종 본다. 6학년 12반, 하는 사람을 보았다. 일흔이 넘는 것이 싫어서 그렇게 말한다고. 허지만 어린아이들은 다르다. 몇 살하고 물어보면 세 살, 하면서 손가락 세 개를 겨우 펴 보인다. 당당하고 예쁘고 귀엽다.

동지 팥죽을 한 그릇 먹으면 나이를 한 살 더 먹는다는데. 팥죽을 먹지 않으면 나이가 줄어드는 것도 아니다. 동지와는 상관없이 세월이 흐르면 나이는 올라간다.

동지는 작은설[亞歲]이라 팥죽을 끓여서 온 식구가 함께 먹으면서 나이도 세어보고, 악귀도 쫓아내고 새해를 준비했던 아름다운 절기 중 하나다.

난 밥보다 떡이나 범벅 또는 죽을 좋아한다. 어릴 때 할아버지의 식습관을 닮았다. 우리 집에는 동지가 되면 팥죽을 큰 가마솥에 끓여서 장독대에 식혀서 올려놓고 여러 날 식구들이 즐겨 먹었다. 새알만 뽑아먹으면 팥죽에 구멍이 송송 나서 할머니에게 가끔 꾸중을 듣기도 하였다.

한번은 동지 다음 날 삼촌 두 분과 큰고모 댁으로 가게 되었다. 그렇게 멀지 않았지만 점심시간이 좀 지나서 배가 고팠다. 고모님이 팥죽을 데워서 주시려고 하니 삼촌이 배 속에 넣으면 자연적으로 데워진다고 그대로 먹었다. 싸늘한 새알이 목구멍을 지날 때는 얼음과자처럼 느껴졌지만 오랫동안 맛있었던 팥죽으로 기억에 남아있다.

어머님은 음식 솜씨가 탁월하셨다. 밥이든 죽이든 모든 음식이 어머님 손을 거치면 맛이 확연히 달라졌다. 많은 양의 팥죽도 거뜬히 끓여서 온 식구가 맛있게 먹게 하셨다.

난 결혼을 하고도 어머님의 손맛을 벗어나지 못했다. 객지 생활에 익숙해져서 음식은 가리지 않았지만 아내의 음식 맛에 길들여지기는 시간이 걸렸다.

어느 해 동짓날 아내가 팥죽을 끓인다고 새알을 같이 비벼서 만들었다. 팥을 삶아서 방망이로 찧어 아내는 정성을 들였다. 팥죽을 먹어보니 새알이 없어졌다. 아내와 둘이서 고개를 갸웃거리면서 동지를 지났다. 다음 날 팥죽을 먹으려고 보니 완전히 굳어버렸다.

팥을 푹 삶아서 뭉개고 쌀이나 찹쌀을 넣어서 끓이고, 다음에 새알을 넣어서 끓여야 순서가 맞는데 새알을 처음부터 넣어서 끓였으니 알이 전부 풀어져 버렸다. 굳은 팥죽을 먹으면서 둘이 서로 쳐다보고 웃었다. 나중에 장모님께 맛있는 동지팥죽을 먹은 이야기를 하였더니 "내가 다 가르치지 못해서 그런 일이 있었다."라고 웃으면서 조금 미안해하셨다.

어제 동지 전날 밤에 시집간 딸이 전화를 하였다. 내가 받으니 엄마를 바꿔 달랜다. 보통 나에게 이야기를 다 하는데 무슨 일인지 수화기를 아내에게 건네주었다. 팥죽 끓이는 순서를 한참 이야기를 나눈다. 아마 딸이 처음 팥죽을 끓여보려고 엄마에게 묻는가 보다. 전화를 끊고 아내도 분산하게 팥죽 끓일 준비를 하고 있다.

한참 후에 딸이 문자와 사진을 보내왔다. 팥죽을 완성했으며 맛보라고 사진을 전송했다. 우선 그림으로는 괜찮아 보인다. 맛은 어떤지 사위가 오면 물어봐야 알 수 있다. 혹시 신혼 초에 내가 먹었던 퍼진 팥죽은 아니었는지.

아내도 얼마 후에 팥죽을 다 끓였다. 맛을 보라고 부른다. 수준급이다. 음식 솜씨도 세월이 약이다. 흐르는 세월 속에 아내는 어머님으로부터 음식 솜씨를 전수받았다.

올 동지는 나이 먹는 것은 차후 문제고 아내와 딸이 맛있는 팥죽을 끓여 온 식구가 즐겁게 먹을 수 있어 좋다. 악귀는 물러가고 새해를 맞을 준비를 해보자.

# 술과의 인연

내가 어릴 때 아버지가 주막에서 오시지 않으면 엄마가 나에게 아버지를 모셔오라고 호출을 하곤 했다. 우리 집과 주막은 거리가 멀지 않았다. 내가 간다고 아버지께서 꼭 오시는 것이 아니었다. 그래도 엄마의 성화에 못 이겨 주막까지 가서 아버지를 뵙고는 돌아왔다.

나는 술을 즐기지 않는다. 하지만 술과의 인연이 전혀 없는 것은 아니다. 어린 시절 우리 집에는 술이 늘 있었다. 농사철에는 농주 단지가 늘 구들목을 차지하고 술 익는 냄새가 방안을 가득 메웠다. 아랫목의 술독에는 보글보글 술 끓는 소리가 심심찮게 들렸다. 할아버지는 농사일을 하시다가 막걸리 한 사발을 단숨에 마시고 또 일을 하셨다.

나는 어릴 때 주전자를 들고 들판으로 술 심부름을 자주 다녔다. 집에 술이 없으면 주막에 가서 술을 받아왔다. 초등학교에 들어갈 무렵 나는 술에 대해서 궁금해졌다. 주막에서 오는 길에 주전자 입에 나의 입을 대고 한 모금 마셔보았다. 쓰고 약간 달콤한 맛이 입안을 메웠다. 별것이 아니었다. 어른들이 저걸 마시고 취해서 때로는 고함도 치는구나 생각했다. 과연 취하면 어떨까 궁금했지만 취할 수 있는 기회는 없었다.

집에서 술을 짜고 나면 술지게미가 나온다. 사카린을 살짝 쳐서 아이들이 먹는다. 하루는 엄마가 모아둔 술지게미를 사카린을 좀 쳐서 제법 먹었다. 이게 웬일인가? 정신이 혼미해지고 다리가 휘청거리다가 쓰러져서 잠이 들어버렸다. 아이가 없어졌다고 집안이 발칵 뒤집어지고 온 동네가 시끌벅적했다. 심지어 우물에 가서 내려다보고 야단법석이 벌어졌다.

그러던 차에 나는 잠이 깨어 집 뒤안간 나무 볏가리 속에서 슬며시 나왔다. 나를 본 할머니가 울면서 나를 꽉 안으셨다. 어디 있었느냐? 왜 그랬느냐? 나는 사실대로 말했다. 어머니가 할머니로부터 꾸중을 들으셨다. 술지게미를 아무 데나 두어서 아이를 먹게 했다고. 나는 엄마에게 무척 미안했다. 엄마의 잘못이 아니었다.

그 후부터 술을 입에 대지 않았다. 술에 취하면 정신이 없어진다는 것을 알았다. 초등학교 5학년을 마칠 무렵 읍내로 이사를 갔다. 할아버지는 내가 초등학교 5학년 때 별세하셨고 할머니는 중학교 2학년 때 별세하셨다.

읍내학교로 전학을 오고부터 공부에 심혈을 기울였다. 시골에서는 공부는 뒷전이었다. 수업을 마치고 집에 오면 아이들이 할 일이 있었다. 여름이면 산에 소 먹이러 가거나 소 꼴을 베는 것은 아이들의 몫이었다. 읍내는 그런 일이 없으니 자연 공부에 몰두하게 되고 성적도 일취월장日就月將하게 되었다.

아버지는 사업차 아침 일찍 집을 나가시면 저녁 늦게 술에 취해서 오는 날이 허다했다. 건강에 자신이 있었던 아버지는 늘 하시는 말씀이 "술을 지고는 못 가도 먹고는 갈 수 있다."라고 장담하셨다. 어머니의 잔소리나 걱정은 아랑곳하지 않으셨다.

술에는 장사가 없다는 옛말이 거짓이 아니었다. 이른 아침이면 해장을 하러 나가시고 밤늦게 귀가하시니 아무리 건강해도 세월이 흐르면 건강에 적신호가 오기 마련이다. 아버지는 50세가 되지 않으셔서 술로 인한 질병으로 병상病床에서 일어나지 못하셨다. 우리 가문의 대문이 없어졌다고 한동안 친척들이 안타까워하였다.

어머니는 나에게 술을 절대 마시지 말라고 신신당부를 하셨다. 나는 어머니의 말씀을 새겨들었다. 술을 멀리했다. 군 생활 중에 세 가지를 하지 않기로 하나님과 어머님께 약속한다고 일기장에 기록해두고 입대했다. '담배를 피우지 않으며, 술을 마시지 않으며, 여자를 사귀지 않는다.'고 써두고 군 생활을 했다.

나는 군 생활 3년 동안 그 약속을 지켰다. 술과 담배의 유혹이 없지 않았다. 훈련병 시절에는 휴식 시간만 되면 화랑담배 연기가 자욱했다. 후방 부대에 근무하게 되어 민간인을 자주 만나게 되므로 전혀 생각지도 않았던 아가씨들도 자주 만나게 되어 마음이 가끔 흔들렸다.

하지만 내가 입대할 때 일기장에 기록해둔 맹세를 저버리지 않았다. 오늘날까지 나는 그때의 일이 자랑스럽다. 나의 아들이 군에 입대할 때도 나와 같이 지키라고 훈계訓戒하였다. 아들도 무사히 군 생활을 마쳤다.

내가 군 생활을 마치고 처음 직장이 회사였다. 일과를 마치면 석양주夕陽酒를 한잔하러 가기 마련이지만 늘 빠졌다. 나의 주량이 얼마나 되는지 궁금하여 한번은 회사 전체가 회식을 하는 날 생맥주를 마음껏 마셔보았다. 결국은 걸음이 휘청거릴 정도로 취했다. 나의 주량을 짐작했다.

그 후로 술과는 거리를 두었다. 교회의 중직이 되면서 술과의 인연은 멀어져 버렸다. 나 같은 경우는 엄격히 말하면 술을 먹지 않는 것이다. 나의 친구 한 명은 교인이 아니지만 술 한 모금 마시지 못한다. 마시고 나면 그 후유증으로 너무 고생하기 때문이다. 안 먹는 것과 못 먹는 것은 다르다. 안 먹는 것은 할 수 있지만 안 하는 것이고 못하는 것은 여건이 안 되는 것이다.

요즘 금연 바람이 제법이다. 담뱃값이 오르고부터 금연 열풍이 분다. 그런데 금주禁酒 바람은 불지 않는다. 술도 담배 못지않게 해독이 많을 테지만 절주節酒하도록 권할 뿐이다. 술에 자신이 있다고 큰소리치는 사람은 잘못하면 술로 인해 큰 실수를 범할 수 있다. 더구나 나이 들면 세상만사를 조심하며 지나친 음주飮酒는 더더욱 조심할 일이다. 나와 술과의 인연因緣은 점점 멀어져 간다.

# 말즘

명절이 다가오면 고향이 그리워지는 것은 나이가 들어간다는 뜻만은 아니다. 타향살이 시름에 젖다 보면 향수병처럼 그리움이 스며든다.

지난주에 고향장터로 차를 달렸다. 명물 '돔베기'를 사 오려고 갔다. 얼마 전에 돔베기가 중금속이 많다고 TV에 방영되고 주춤하였지만, 일 년에 한두 번 먹는다고 죽을 일은 아니라며 다시 찾는 이가 그렇게 줄지는 않았다.

가게마다 줄을 서서 기다리는 것을 보니 한번 얻은 명성은 쉽게 잃지 않음을 알 수 있다. 우리 고장에는 제사에는 그래도 '돔베기' 산적이 있어야 된다는 고정관념이 뿌리 깊게 자리 잡고 있음이 확실하다.

시장을 둘러보다 보니 '말 나물'이 눈에 뜨인다. 옛 연인을 만난 듯이 반갑고 기쁘다. 말 나물은 요즘 젊은이들은 대부분 생소할 거다. 경북 내륙지방에서 겨울에 즐겨 먹은 저수지에서 나는 일종의 수초水草다.

난 어릴 때 말 나물을 채취하러 어른들을 따라다닌 적이 여러 번 있었다. 연못에 대나무 갈퀴로 만든 것을 던져서 가라앉은 후에 서서히 당기면 수초가 갈퀴에 걸려서 나왔다. 갈퀴의 양쪽에 줄을 길게 매어서 서로 저수지 둑의 건너편에서 당기고 한쪽에서 풀어주면 더욱 쉽게 말 나물을 채취할 수 있었다.

아삭아삭 씹히는 말 나물은 향기가 진하며 무채를 설어서 참기름과 깨소금 간장 된장 등을 적당히 넣고 엄마가 무쳐 주면 일등 요리가 된다. 말 나물은 콩나물과 국을 끓여 먹기도 하고 쌈으로도 먹는다. 말 나물은 그냥 말이라 한다.

말 나물의 정확한 이름은 말즘[Potamogeton crispus]을 가리키며 일반적으로 말이라 표현하지만 정확하게 말은 다른 종류이다. 말은 우리나라에 13여 종류가 있는 가래속에 속하며 이들 중 새우가래와 매우 유사한 종이지만 가장 크게 자라는 종류이고 특히 낮은 수온과 적은 빛 조건에서도 2m 정도까지 자란다.

말 나물은 눈이 내리고 얼음이 얼고 해야 제맛이 난다. 겨울이 따뜻하면 말 나물은 인기가 없다. 기생충이 생길 거라면서 잘 먹지 않는다. 허지만 올해처럼 눈이 많이 내리고 추운 겨울에는 찾는 이가 많아지며 말 나물의 질도 좋다. 말 나물은 비타민과 미네랄이 풍부하며 변비에도 효과가 크다고 한다.

말 나물은 시어머니 모르게 먹을 수가 없다. 어디에 붙어있어 흔적을 남기기 때문이다. 먹고 나서 설거지를 깨끗이 해도 푸른 작은 잎사귀가 어딘가 붙어있기 마련이다.

나의 고향은 옛날에 역마驛馬가 있었다. 사통오달로 교통의 요지인 영천永川) 말馬)로 유명해졌다. 오일장 규모도 전국에서 손꼽을 정도다. 대 좋고 말 좋은 곳이 영천장이다. 우스개로 영천 '대말 거시기'라는 말이 대 좋고 말 좋다는 말에서 유래되었다고 한다.

대목장이라 그런지 사람들이 북새통이다. 교통 경찰관들의 호루라기 소리가 여기저기 들려도 도로를 점령한 장사꾼들은 모른 체한다. 겨우 시장 안에 들어서니 사람 천지다. 어디서 이렇게 많은 사람들이 모였을까. 역시 명절은 좋은 것이라는 생각이 든다. 시장을 보는 아내의 손길이 바쁘다. 큰집인 우리 집에 형제들이 다 모이니 맏며느리는 신경이 쓰인다.

집으로 오는 길에 나는 말 나물에 마음이 다 가있다. 엄마와 아내의 솜씨는 조금 다르지만 그래도 수년간 전수한 나물 무치는 방법을 아내는 거의 알고 있다.

저녁 식사 시간이 되었다. 식탁에 앉아서 말 나물을 기다렸다. 아내가 바쁘게 손을 놀려서 말 나물을 무쳐 밥상에 올려놓았다. 그런데 아무래도 엄마가 만든 것과는 맛이 다르다. 향긋한 향기는 그대로인데 입안에 나물은 맛이 다르다. 왜 그럴까. 아무래도 엄마와 고향이 너무 그리운 탓이겠지.

내년 겨울에도 눈이 펑펑 내리고 저수지에 얼음이 두껍게 얼어서 맛있는 말 나물을 먹을 수 있기를 기대한다.

# 사람 노릇

지난 설날 가족들이 모두 모였다. 아침 식사가 끝나고 이런저런 이야기를 하다가 한 분뿐인 숙모님이 여주 부근에 천주교 요양시설에 가신 지가 3년 정도 되었으니 한번 방문해보자고 의논하였다.

날짜를 정하고 가급적 시간을 내어서 부부가 함께 가기로 아우들과 이야기했다. 모두 좋다고 하지만 과연 몇 명이 갈 수 있을지 장손인 나는 조금 염려가 되었다.

숙모님께 전화하여 우리가 간다고 하니 무척 반가워한다. 적적한 시골 요양원에 사람들이 온다는 것이 기쁜 일이다. 서울에 있는 종제從弟에게 전화하여 엄마에게 방문한다니 좋아하면서 방문 가능 날을 알려주었다.

사람 노릇하기가 쉽지 않다. 명절이 다가오면 걱정이 앞선다.

어른은 어른대로 젊은이는 젊은이 나름으로 염려스러운 일이 한두 가지가 아니다. 부모 노릇 자식 노릇 남편 노릇 아내 노릇 형노릇 아우 노릇 선생 노릇 제자 노릇 상관 노릇 부하 노릇……

나는 아버지가 일찍 별세하시어 가장家長 노릇이 일찍 시작되었다. 7남매 장남의 자리가 호락호락하지 않았다. 때로는 아버지 같은 형이 되어야 하고 때로는 친구 같은 형이 되어야 하고 사람 노릇하기가 힘에 겨울 때가 자주 있었다.

세월은 약이 되었다. 기쁜 일도 슬픈 일도 기약 없는 세월 속에 묻혀갔다. '다 지나가리라'는 성서의 말이 진리처럼 느껴졌다.

어쩌면 사람 노릇을 잘할 수 있을까? 가끔 생각해보기도 하지만 아직 명답名答은 찾지 못했다. 나의 주위에 사람답게 사는 사람, 사람답게 살다가 떠난 사람들을 가끔 회상해본다. 어떤 사람이 사람답게 살다가 갔는가? 출세하기 위해 물불을 가리지 않고 날뛰다가 떠난 사람, 악착같이 재산을 모으다가 떠난 사람, 오직 자식만 잘되기를 바라다가 떠난 사람, 오래 살아보겠다고 불로초를 찾으려고 몸부림치다가 떠난 사람들 여러 종류의 사람들이 회상된다.

숙모님을 만나러 가는 날 6명이 모였다. 김천에 있는 막내아우는 대구로 오지 않고 바로 가다가 휴게소에서 만나기로 하였다. 거의 세 시간 정도 걸리는 거리이다. 새 차를 뽑아온 넷째 제수弟娘가 운전을 한다니 고맙기도 하고 조금 미안하기도 했다. 휴게소에 들러서 막내아우 부부를 만났다. 차를 한잔하고 간식도 조금씩 먹고 환담을 했다. 모두 오늘은 사람 노릇을 조금 하는 것 같은 마음이 드는가 보다. 숙모님께 전화를 하니 간밤에 잠을 설치고 우리를 기다리고 있었다.

요양원에 도착하니 숙모님이 날씨가 싸늘한데도 밖에서 기다리고 있다. 반가워서 우리를 얼싸안고 좋아하신다. 거처하시는 원룸에 가보니 혼자 살기에는 불편함이 없을 정도로 여러 가지 시설이 잘되어 있다. 수녀님들과 직원들이 정성껏 보살펴준다고 하였다. 마음이 놓인다.

삼촌은 6 · 25 참전용사다. 전투에 참전하여 어깨 부근에 총상을 입었지만 요행으로 병원으로 이송되어 살아나셨다. 명예롭게 장교로 전역하여 고향 부근에 사시다가 수년 전에 별세하시어 국립묘지 호국원에 안장되셨다. 숙모님도 타계하시면 삼촌 곁에 가시어 국가가 영원히 보살펴주게 될 것이다. 돌아오는 발걸음이 가볍다. 우선 숙모님이 나이에 비해서 건강하다. 미수米壽의 나이인데 이야기를 나누어보니 흩어짐이 전혀 없다. 매일 새벽마다 자식들을 위해서 조카들을 위해서 주위 사람들을 위해서 기도한다니 너무나 감사하다. 또한 당신은 2년만 더 살다가 정신이 초롱초롱할 때 하나님 곁에 가고 싶다고 하신다. 모든 걸 내려놓으셨다. 욕심도 걱정도 다 내려놓으시니 건강하다.

오는 길에 잠시 휴게소에 들렀다. 아우들과 제수弟嫂들도 한결같이 얼굴이 밝다. 심신이 건강한 어른을 뵙고 오니 모두 마음이 밝아졌다. 숙모님 만수무강을 기원합니다. 모처럼 사람 노릇을 조금 한 것 같아 오래 여운이 남는다.

# 빛바랜 흑백사진들

나이가 들면 주변 정리가 필요하다. 그중에 사진첩도 어떻게 해야 될지 생각해보아야 한다. 내가 아는 사람 중에 남편이 조금 일찍 별세하자 사진을 거의 소각해버렸다. 남편에 대한 애잔한 생각도 지우고 자기도 언제 어떻게 될지 모른다는 강박관념에서 그랬던 것 같다.

새해가 들면서 앨범 정리를 하다 보니 앨범 한 권이 규격화된 것이 아니고 종이로 만든 것이라 세월이 훌쩍 지나니 볼품이 없다. 사진이 빠지고 탈색도 되고 아무래도 그냥 보관하기는 어렵다. 남들은 사진을 정리 소각해버린다는데 다시 앨범을 만든다는 것이 마음에 걸렸지만 마침 서가에 빈 앨범이 한 권이 있었다.

내가 고등학교와 대학을 졸업하고 군 생활을 하고 처음 직장을 잡을 때까지 젊은 날 중요한 개인 역사다. 버리기에는 아깝다. 앨범을 해체해보니 그때는 경제사정이 어려웠는지 큰 벽걸이 달력을 여러 장 접어서 손수 만든 것이다. 없애려니 추억이 사라지는 것 같아 망설여졌으나 너무 낡아서 어쩔 수 없이 사진을 전부 새 앨범에 옮겼다.

1960년 초에서 근 10년간 모은 사진이니 사진 매수가 제법이다. 큰 앨범으로 옮기니 옛 추억이 활동사진처럼 되살아난다. 대학생활 군 생활 사회 초년병 시절의 기억이 생생하게 떠오른다. 보고 싶은 얼굴이 눈앞에 선해진다. 이미 고인이 된 친구들이 너무도 그립다. 아직 살아있다면 나의 생활이 훨씬 풍요롭고 즐겁지 않겠는가? 공연한 생각을 해본다.

나는 어린 시절은 장손이라 부모의 보살핌도 극진했지만 할아버지 할머니의 사랑을 듬뿍 받았다. 학창 시절도 별 구김살이 없었다. 공부는 내가 원하면 주위 사람들이 모두 도와주었다.

하지만 군 생활을 마치고 귀가했을 때 아버지가 병환에 계셨다. 아직 50세도 되기 전이며 평소에 너무도 건강했던 아버지께서 곧 쾌유하리라 생각했다.

1970년 7월 경복궁 앞에서 어머니가 서울에 오셔서 막내 이모님과 이종사촌 누나와 함께 찍은 사진이 빛이 바래서 앨범에 있다. 그때는 어머님과 이모님은 젊으셨다. 하지만 어머님과 이모님은 별세한 지 벌써 오래되었다. 누나도 최근에 고인이 되었다.

내가 서울로 직장을 얻어서 가게 될 때에 아버지는 반대하지 않으셨다. 공부하던 지역이니 잘 적응하리라 생각했기 때문이리

라. 아버지는 점점 병세가 악화되어 내가 제대한 지 일 년 후에 별세하셨다. 청천벽력이었다. 아버지의 영전에 대성통곡했다. 문상 온 사람들이 곡하는 것이 아니고 정말 울면서 눈물을 흘리는 것이라고 수군대었다. 나는 아버지가 일찍 떠난 것도 슬프고 애석했지만 앞으로 우리 가족이 살아갈 일이 아득했다. 7남매 장남인 나의 책임이 양어깨를 너무도 무겁게 짓눌러왔다.

장례식을 마치고 가족회의를 했지만 가족 모두 울기만 했지 무슨 뾰족한 대책이 없었다. 나는 직장 생활로 서울로 갔지만 마음이 하루도 편하지 않았다. 갑자기 어머니께서 서울로 오셔서 아무래도 동생들과 생활하기가 어려우니 고향으로 가자고 하셨다. 처음은 하향下鄕하지 않으려 생각했지만 사표를 내고 마음을 정했다. 직장이 정해진 것도 아니었다.

다른 사람들은 서울에 직장을 구하려고 애를 쓰는데 나는 팽개치고 내려가니 내 신세가 가련했다. 아무런 대책 없이 고향으로 내려와서 약 2년간 지루하고 괴로운 시간을 보냈다.

나에게 60년대는 희망과 전진의 시간이었다면 70년대는 고난과 고통 힘겨운 시간이었다. '수양산 그늘이 강동 팔십 리'라는 말이 있다. 아버지의 갑작스러운 별세는 우리 가정을 수렁창에 빠지게 하였고 나는 꿈을 접고 장남의 소임으로 가정을 지키고 아우들의 장래를 걱정하게 되었다.

교직에 몸을 담을 때까지 약 2년간 여러 가지 어렵고 힘든 과정을 다시 거쳤다. 처음 발령을 받은 곳은 전기도 없는 벽촌이었다. 어머니와 작은 고모님이 내가 있는 곳에 와보고는 고모님이 눈물을 쏟았다. "오빠가 살아있었다면 저 녀석을 이런 시골에 절대로 보내지 않았을 텐데." 하면서 내가 없을 때 어머니에게 하소연하듯이 울었다고 어머니가 나중에 나에게 전해주셨다.

같은 교직에 있는 아내를 만나 결혼을 하였다. 그 당시는 대개 결혼을 하면 여자들은 직장을 그만두었다. 나는 그렇지 못했다. 동생들 뒷바라지에 대가족을 건사해야 되므로 아내가 직장생활을 그대로 하였다. 또다시 큰 시련이 왔다. 아내는 몸이 약해서 유산을 하였다. 직장을 그만두어야 하나 계속해야 하나 갈등이 심했다. 어쩔 수 없이 직장생활을 해야만 했다.

아내는 몇 차례 유산한 후 결혼 4년이 지나서 딸아이를 갖게 되었다. 딸아이 한 명만 키우려고 여러 번 다짐했지만 날마다 눈물을 흘리시는 어머니의 모습에 한 명 더 키우자고 아내와 약속했다. 어머니는 손자를 한없이 원하셨다. 다행히 아내가 아들을 어머니 품에 안겨주었다. 어머니의 얼굴에 수심이 사라졌다.

한번은 어머니께서 부산에 사는 첫째 아우에게 가서 "내가 너형을 생각하면 죽어도 눈을 못 감겠다. 쓰잘머리 없는 가시나 하나 시집보내고 빈방에 우두커니 있을 너 형을 생각하면 가슴이 답답하고 잠이 오지 않는다." 하시면서 눈물을 흘리셨다니 불효막심이었다. 손자가 나고부터 어머니의 사랑은 온통 아들 녀석에게 가버렸다. 어머니와 녀석은 단짝이 되어 할머니 가는 곳에는 어디든지 따라다녔다.

'이것 또한 지나가리라[Soon it shall also come to pass].'는 말이 성서에 있다. 다윗왕이 승리에 도취되어 세공에게 기념이 되며 교훈이 되는 반지를 만들어 글귀를 새기도록 명령하였다. 글귀가 생각나지 않아서 지혜가 많은 솔로몬 왕자에게 물었다. 왕자는 아버지의 영광이 지나간다고 귀띔하면서 이 글귀를 세공에게 주었다.

기쁘고 슬픈 일도 세월 속에 결국은 묻혀간다.

나의 고통도 한 십년 지나니 서서히 물러갔다. 80년대는 도약의 연대였다. 직장 부근에 힘들게 새집을 마련해서 이사를 가게 되었고 직장도 옮기고 생활에 활기가 찾아왔다. 주변 선후배들의 권유로 낙도 울릉도로 혈혈단신 근무지를 옮겼다. 외로운 섬 생활에 적응하는 데 다소 시간이 걸렸다. 이듬해 가족들이 모두 와서 불편 없이 지냈다. 8년간 울릉도 교직 생활은 기쁨과 고통을 가져다준 시간이었다. 빛바랜 흑백사진 속에 지난날의 희로애락이 고스란히 숨어있다.

# 아버지, 나의 아버지

어릴 때 나의 아버지는 엄하고 가까이하기에는 어려운 존재였다. 가족들을 돌보고 사업을 하느라고 늘 바쁘게 나다니시는 아버지는 한집에 살아도 얼굴을 대하기가 쉽지 않았다. 학비를 받을 때 아버지를 가끔 뵈올 수 있었다. 늘 아버지는 근엄하고 별로 말이 없으며 멀리서 우리를 바라보고 계시는 든든한 존재였다.

나의 아버지는 8남매 장남으로 위로 큰 고모가 한 분 계셨고 아래로 남동생 4명 여동생 2명으로 대가족을 거느리는 장부였다. 일제 말 아버지는 찌든 가정을 일으키시려고 일본으로 혈혈단신孑孑單身으로 가셨다. 온갖 일을 마다하지 않고 하시어 시골에 부모님께 월급을 꼬박꼬박 보내어, 논밭전지를 사게 하여 가정을 바로 세우셨다.

나는 태어나서 얼마 있지 않아 엄마 등에 업혀서 현해탄을 건너 아버지를 찾아갔다. 한 3년 겨우 말을 배울 즈음에 해방이 되어 귀국하게 되었다. 나는 어릴 때 아버지를 '도오짱' 어머니를 '가짱' 하고 불렀다. 아마 일본말로 어린이들이 부르는 아버지 어머니라는 것을 나중에 알게 되었다.

아버지는 귀국할 때 도시에 친척들이 자리를 잡으라고 권했지만, 맏이의 소임을 저버릴 수 없어 시골 부모들이 있는 곳으로 귀향歸鄕하셨다. 농사를 짓기도 하고 약간의 사업도 하시느라 고생이 많았다.

내가 초등학교 6학년에 진학할 무렵 자식들의 장래를 생각해서 읍내로 이사를 가게 되었다. 나는 처음 읍내학교에 적응하는 데무척 힘이 들었다. 학습 진도가 판이하게 다르고 공부의 수준도 달랐다. 한 학기 정도 지나니 어느 정도 학습을 따라갈 수 있었다.

그 당시는 중학교 진학도 시험을 치렀다. 2학기가 되니 담임선생님께서 나를 부르시더니 대구의 중학교로 진학하라고 말씀하시면서 아버지를 학교에 모시고 오라고 하셨다.

가슴이 부풀어 오르고 밤잠을 설쳤다. 우리 고장에서 대구는 서쪽으로 있다는 것을 짐작으로 알았지 가본 적이 없었다. 대구로간다는 생각에 더욱 학업에 열중하였다. 아버지께서 담임선생님을 만나고 와서는 대구로 중학교 진학을 허락하셨다. 이제 입학시험에 합격하면 대구로 간다는 마음에 희망이 부풀어 올랐다.

어느 날 담임선생님께서 대구로 입학시험을 치러 가는 아이들을 교장실로 불러 모았다. 교장실에 처음 가보았다. 안경을 끼신 교장 선생님께서 "제군들은 학교의 명예를 걸고 대구로 입학시험을 치러 가는 것이다." 열심히 해서 모두 합격의 영광을 안고 돌아오라고 일일이 악수를 하면서 격려해주셨다.

추운 겨울 아침이었다. 시험 당일 기차를 타고 대구에 도착하였다. 대구역에 처음 내리니 역사가 엄청 크고 기차가 증기를 푹푹 내면서 여러 대가 오갔다. 구름다리를 건너니 어리둥절하였다. 역 앞에 나오니 땅바닥이 새카맣고 딱딱하다. 하도 신기해서 큰소리로 "선생님 땅이 왜 새까맣고 딱딱합니까?" 하고 물었다. 선생님은 나의 손목을 홱 낚아채시더니 가만있으라고 손을 입에 대고 쉿! 하셨다. 궁금했지만 조용히 있었다. 바로 해당 중학교에 가서 수험표를 받고 다음 날 시험에 대한 주의를 듣고 여관으로 향했다. 저녁을 먹고 선생님께서 나를 부르시더니 아침에 내가 물은 '새까만 땅'은 아스팔트라고 말씀하시며 좀 궁금해도 큰소리로 아무 데서나 떠들면 '촌놈'이라고 놀리니 침착해라고 일러주셨다.

다행히 대구에 시험 치러 온 남녀 학생 16명은 모두 합격했다. 다시 교장실로 불려가서 교장 선생님으로부터 칭찬을 받았고 열심히 공부하여 나라에 기둥 같은 인물이 되라고 덕담을 들었다.

교장 선생님께서 덕담을 해주신 덕으로 우리 친구 중에 나라에 기둥 같은 학자가 나왔다. 서울대학교에 4명이 졸업을 했고 그중에 2명은 서울대학교 교수가 되었다. 나의 친구 덕이는 가난을 딛고 일어서 모교인 서울대학교에서 교수가 되고 우리나라 IT산업 발전에 큰 공을 세웠다. 존경하고 사랑하는 나의 친구이다.

내가 학교에 다닐 때 아이들에게 일정한 용돈을 주는 집이 거의 없었다. 아예 용돈이라는 말이 없었다. 밥 먹고 학교도 겨우 다니는데 용돈이라는 말이 가당치도 않았다. 그러면 아이들은 어떻게 용돈을 조달했을까? 알게 모르게 부모에게 거짓말을 해서 용돈을 조금씩 쓰게 된 것이 대부분이었을 것이다.

어머니는 경제력이 거의 없었다. 아버지를 가끔 만나서 공납금을 비롯해서 책값 등을 받았다. 한번은 공납금을 비롯해서 이런저런 학비를 아버지께 말씀드리니 아버지께서 "야! 이녀석아 뭐가 사내가 끝자리가 구질구질하냐?" 하시면서 "다음부터는 딱 끊어서 얼마라고 해라." 하면서 넉넉히 주셨다. 나는 가슴이 콩닥거렸다. 안 그래도 거짓말을 해서 용돈을 부쳐 놓았는데 더 많이 주시고 다음부터는 더 인상하라고 하시니 심장이 쿵쾅거렸다. 아버지의 면전에서 나와서 거울을 보니 내 얼굴에 웃음꽃이 활짝 피었다. 속으로 "아버지 고맙습니다."를 몇 번이나 되뇌었다.

나는 용돈이 두툼하게 생겨서 친구들과 종로거리에서 국화빵을 여러 번 사 먹었다. 국화빵을 100원어치에 스무 개를 주었다. 친구 둘과 나와 셋이서 누가 일곱 개를 먹는가 시합이 늘 벌어졌다. 일곱 개를 먹고 나면 뜨거운 국화빵 앙꼬에 입천장이 헐어서 며칠 고생을 해도 꼭 일곱 개를 먹곤 했다.

아버지가 그립다. 늘 근엄하시고 가족을 위해 희생하셨던 아버지. 자식들에게 대범하게 대하셨던 나의 아버지. 늘 건강하시고 가족뿐만 아니라 이웃과 가문家門에 무슨 일이 있으면 발 벗고 나서서 해결하셨던 아버지. 늘 술은 지고 가지는 못해도 먹고는 갈 수 있다고 장담하셨던 아버지. 저녁 늦게 귀가하시고 아침 일찍

해장술을 하러 친구들과 자주 어울렸던 아버지. 아버지는 대장부
大丈夫였다. 어머니는 그런 아버지에게 가끔 불만이 있었다. 집안일
보다 밖에 일에 더 힘을 쏟는다고 하셨다.

그런 대들보 같았던 아버지께서 50세를 채우지 못하고 세상을
떠나셨다. 처음 아버지가 편찮으셔도 너무 건강하시어 별것 아닌
병으로 생각했다. 그런데 간암 말기 판정을 받고 하늘이 무너지는
것 같았다. 막내아우는 아직 초등학교에 입학도 하지 않았다. 7남
매 장남인 나도 결혼을 하지 않았으니 모두가 미완성이었다. 어머
니는 넋 나간 사람처럼 정신이 없었다. 모든 것을 아버지에게 의
지했던 우리 가정은 청천벽력을 맞은 거나 다름없었다.

인심人心은 야박했다. 아버지가 계실 때와는 이웃 사람들이나
친척들의 태도는 완전히 달라졌다. 가끔 괘씸한 마음이 들었지만
참고 지나면 좋은 날이 오리라 굳게 믿고 있었다.

아버지가 별세하시고 우리 가정이 정상으로 회복하는 데는 근
20년의 세월이 흘렀다. 막내아우가 학업을 마치고 대학 강당에 섰
을 때 모든 일들이 파노라마처럼 지나갔다. 어머니의 칠순잔치를
친척들과 이웃들을 초대해서 조금 크게 베풀었다. 모처럼 어머니
의 얼굴에 웃음이 찾아왔고 그때부터 아버지가 계실 때처럼 거의
가세家勢가 회복되었다는 것을 짐작할 수 있었다.

아버지 보고 싶습니다. 아버지께 용돈을 듬뿍 한번 드리고 싶습
니다. 아버지! 저도 '끝자리' 붙이지 않고, 아버지처럼 통 크게 용돈
을 드리고 싶습니다. 아버지 꿈에라도 한번 오셔서 제가 드리는 용
돈을 한번 받아 가세요. 불초 소자 아버님께 용서를 빌 뿐입니다.

# 좋은 습관

우리나라 속담에 세 살 버릇 여든까지 간다는 말이 있다. 어릴 때 길들여진 습관은 평생 버리지 못한다는 말일 것이다. 좋은 버릇이 몸에 밴다면 성공으로 가는 밑거름을 얻은 것일 테지만 나쁜 버릇이 일생을 따라다닌다면 괴로운 인생이 되기 십상이다. 습관은 타고나는 것이 아니고 길들여지는 제2의 천성天性이다.

청소년 시절 어머니에게 너무 의지하면 자립심이 없는 마마보이로 낙인찍히기도 하고 젊은 시절 잘못 배운 나쁜 술버릇은 일생 동안 술주정뱅이로 손가락질을 받기도 한다.

나는 어릴 때부터 늦잠 자는 버릇이 생길 수 없었다. 농촌의 바쁜 일손을 돕기 위해 새벽에 일어나기 일쑤였고 학창 시절에는 원거리 기차 통학을 수년간 했으므로 아침형 인간이 될 수밖에 없었다. 어른이 되어서도 늦잠 자는 것을 싫어하는 기색을 드러내는 탓에 명절에 아우들이 가족들과 우리 집에 모여도 자고 가는 일이 거의 없다. 모처럼 만나서 나눌 이야기가 많을 텐데도 특히 늦잠꾸러기 셋째 동생은 아침 일찍 일어나기가 쉽지 않은지 서둘러 가 버린다.

남자에게 군 생활은 일생에 전환점이 될 수 있다. 통제되고 규칙적인 생활은 좋은 것을 얻을 수도 있지만 잘못하면 많은 것을 잃어버릴 수도 있기 때문이다. 모든 일은 처음이 매우 중요하다. 특히 모르는 사람들이 만나서 단체생활을 하게 되는 군 생활은 시작이 어렵고 힘이 든다.

아들 녀석이 응석받이로 자랐는데 군에 입대한다니 아내는 걱정이 되어서 밤잠을 설친다. 훈련소에 입영하는 날 꼭 데려다주고 오라고 부탁을 하였다. 입영 전날 아들 녀석을 앉혀 두고 몇 마디 당부를 하였다. '군 생활은 진정한 장부丈夫가 되는 길이다. 결코 헛된 시간이 아님을 명심하고 인내해야 한다. 상관의 말에 복종하고 불평불만이 있더라도 참고 견뎌 조국의 간성干城이 되라고 일러 주었다. 그리고 종이쪽지를 하나 주면서 가슴에 새겨두라고 부탁하였다. 쪽지를 펴보던 녀석이 아빠는 별 걱정을 다 하신다고 하면서 염려하지 말라고 했다.

첫째 술을 마시지 않는다.

둘째 담배를 피우지 않는다.

셋째 여자를 사귀지 않는다.

이상의 세 가지를 자신에게 꼭 지키고 명예롭게 제대해서 돌아

오라고 당부하였다. 이 약조約條들은 내가 군에 입대할 때에 나의 일기장에 써두고 간 오래된 나와의 약속이라 아들에게 준 것이다.

술은 첫 잔이 중요하다. 첫 잔을 받아 마시면 끝까지 자리를 함께 하기 마련이다. 그러나 첫 잔을 거절하면 다음부터는 술자리가 있어도 잘 찾지를 않는다. 처음에는 사람이 술을 마시지만 조금 지나면 술이 술을 마시게 하고 다음에는 술이 사람을 마시게 되어 창피한 일을 당할 수 있다.

술은 적당히 마시면 건강에 좋다는 이야기도 있지만 술자리가 시작되면 생각과는 다를 때가 허다하다. 우리나라는 잔을 돌리며 억지로 권해서 흠뻑 취해야 술맛이 나는 주객들이 적지 않다. 외국의 경우는 자신의 주량에 맞추어서 적당하게 즐기는 나라들이 많다.

우리나라도 한때 술잔 안 돌리기 운동을 전개해 보기도 했지만 별 성과를 거두지 못했다. 술에는 장사가 없다. 나이 자랑과 술 잘 먹는 자랑은 삼가는 것이 좋다. 나이대접해주는 시대는 이미 지나간 것 같다. 지나친 음주를 자랑하던 나의 친구 중에는 젊은 나이에 저승길을 가버린 이도 있다.

담배도 마찬가지다. 처음 피우지 않으면 다음부터는 권하지 않는다. 하루에 세 갑씩 피우는 동료와 함께 근무한 적이 있었다. 바로 옆자리에 나이가 많은 분이라 아무 불평도 못 하고 지나는데 고통스러웠다. 근래는 대부분의 건물들이 금연 구역으로 지정되어 흡연자들이 설 자리를 잃고 있다. 우리나라만큼 술과 담배 인심이 좋은 나라도 드물다. 아무나 만나면 술잔을 건네고 담배도 권한다.

사병이 군 생활 중에 여자를 사귀어 간혹 결혼하는 일이 있지만 행복하지 못한 경우가 가끔 있다. 졸병이 군복을 입고 여자를 보면 모두가 천사 같아 보인다. 빗자루에 치마만 둘러도 요조숙녀처럼 보이기 쉬우니 서로가 좋은 배필을 만나기란 결코 쉬운 일이 아니다.

나에게 3년간의 군 생활은 좋은 습관을 심어 주었고 또한 건강도 지켜주었다. 그 후로는 술과 담배와의 인연은 끊어져 버렸다.

철학자 윌리암 제임스William James는 인간을 일러 '습관들의 묶음으로 이루어진 존재'라고 했으며 그런 까닭에 "생각이 바뀌면 행동이 바뀌고, 행동이 바뀌면 습관이 바뀌고, 습관이 바뀌면 인격이 바뀌고, 인격이 바뀌면 운명까지도 바뀐다."고 습관의 중요성을 설파하였다. 그는 또한 생각을 조심하라고 말했다. 왜냐하면 생각은 말이 되며, 행동이 되고, 습관이 되어 인격이 되고, 인생이 되기 때문이라고 했다.

긍정적이고 적극적인 좋은 생각은 좋은 습관의 열매를 맺어주며 좋은 습관은 좋은 인생을 약속한다고 볼 수 있다.

나의 오래된 습관이 된 아침 산책은 하루의 일과를 사전에 점검하고 상쾌한 공기로 활력을 얻은 시간이다. 해가 돋는 것보다 일찍 일어난 날은 기분이 좋아 괜히 일이 잘되는 것 같다. 오래 동안 쌓아온 좋은 습관들이 벗이 되어 나의 곁에 항상 있기를 기원하면서 이른 아침 힘찬 걸음으로 산책을 시작한다.

# 열매 따기

세상만사는 심은 대로 거두게 된다. 심지 않고는 거두기 어렵지만 심었다고 다 거두는 것도 아니다. 심고 잘 가꾸어야 거둘 수 있다.

내가 작은 농장을 마련하여 무엇을 심을까 고민하던 중에 과일수를 가급적 심어두면 조금 세월은 걸리지만 꽃도 보고 열매도 딸수 있다고 추천해주었다. 그런데 무슨 과일을 심어야 좋을까? 우선 관리하기 좋고 잘 아는 몇 종을 심어라고 한다. 감을 비롯한 익숙한 과수묘목을 구하기도 쉽다고 했다. 그런데 묘목 상에서 꾸지뽕을 여러 그루 심어라고 권한다. 일반 뽕나무는 잘 알고 있었지만 꾸지뽕나무는 처음 들었다. 약효가 있으며 차로 끓여 먹어도 좋다고 권한다. 묘목 상회를 경영하는 사람들은 경험도 많고 아는 것도 많으리라 생각하고 모종을 상당히 구입해서 심었다. 어린 모종이 가시가 장난이 아니었다. 여러 번 가시에 찔리면서 모종을 심었다. 매년 전지를 해보니 가시가 겁이 났다. 탱자나무 가시처럼 굵고 뾰족한 것에 한번 찔려보면 위력을 알 수 있다. 잘못 버려진 가시는 신발을 뚫고 발바닥도 괴롭혔다. 몇 해가 지나도 열매 맺을 기미가 전혀 보이지 않았다. 잘 자라지 않는 것은 정리해서 잘라서 차를 끓여 먹기도 하고 일부는 없애버렸다.

앵두가 제일 먼저 열매가 달렸다. 신기했다. 꽃도 초봄에 예쁘게 피고 열매도 빨갛게 많이 보였다. 잘 익은 것은 달콤한 맛을 선물로 주었다. 앵두나무는 내가 결혼해서 학교 부근에 작은 묘목을 처가에 옮겨 심었더니 커서 열매가 잘 열려 지난날을 늘 회상하게 하였다.

단감과 대봉이 3년 차 되니 몇 개 달렸다. 자두는 조금 큰 나무를 심었더니 열매가 해마다 주렁주렁 달렸다. 이웃들과 나눌 수 있기도 하고 가까운 친척들에게 선물도 했다. 한 그루에 여러 상자를 딸 수 있게 되었으며 맛도 좋았다.

몇 년이 지나니 자두는 그만 시들시들하다가 죽어버렸다. 농약을 치지 않고 전지도 하지 않고 거름도 제대로 주지 않으니 과실수로 수명이 다해버렸다. 애석한 마음이 들고 미안한 생각도 한동안 있었다.

텃밭을 한 지 10년 차 그 자리에 작은집을 짓기로 했다. 막상 집을 지으려니 지금까지 키운 나무를 처리하는 것이 큰 문제다. 어떻게 옮겨 심으며 많은 과일나무들을 비롯한 다른 나무들을 어떻게 하면 좋을지 걱정이 된다. 측백나무를 비롯한 다시 옮겨 심을 필요가 없는 나무들을 처리하는 문제가 어렵다. 주위에 필요한 사람들에게 기증하기로 했다. 마음이 편했다.

가시에 찔리고 힘들게 키운 꾸지뽕 나무에 애착이 간다. 곧 열매도 열게 되고 약제로도 유용하다니 최대한 옮겨심기로 작정했다. 새로 지은 작은집 둘레에 기른 나무를 최대한 옮겨 심고 소나무를 여러 그루 심었다. 꾸지뽕나무를 옮겨 심도록 당부해두었는데 나의 뜻대로 되지 않았다. 가시가 있고 볼품없는 나무라고 최소한으로 옮겨지고 나머지는 없어져버렸다. 다른 사람의 잘못이 아니다. 내가 감독을 하고 잘 옮겨지도록 해야 하는데 방관한 탓이다. 옮겨 심고 첫해와 둘째 해는 꾸지뽕나무는 열매가 거의 달리지 않았다.

한편으로 옮겨 심을 때 아무렇게나 버려진 꾸지뽕나무의 가지와 뿌리를 자르고 잘 챙겨서 주위의 사람들에게 차를 끓여 먹으라고 선물을 제법 하였다. 이듬해 꾸지뽕나무 한 그루가 갑자기 키가 크고 활기가 차게 뻗어나간다. 흰 꽃이 봄에 그렇게 예쁘지는 않지만 피고 지더니 파란 열매가 맺혔다. 가을에 접어드니 열매의 색깔이 붉게 변한다. 열매가 적게 달렸을 때는 빨갛게 익으면 새들이 다 쪼아 먹어버리더니 올해는 다르다. 붉은 열매가 가득 열려서 잘 익어간다. 텃밭에 갈 때마다 쳐다본다. 완전히 익은 것 같아 사닥다리를 가져와서 몇 개 따먹어봤다. 이게 웬일인가? 맛이 당도가 높고 구미가 확 당긴다. 열매는 생과로 먹어도 좋고 숙성해서 발효시켜도 되고 담금주로 하여도 좋다고 한다. 허준의 동의 보감에 꾸지뽕은 약으로 쓸 때는 줄기, 줄기껍질, 잎, 열매, 뿌리를 쓴다. 약성은 따뜻하고 맛은 달고 쓰며 독은 없다. 이 나무는 여성들의 여러 가지 질병에 좋은 약이다. 특히 항암효과가 있으며 면역력을 키운다고 적혀있다.

아내는 건강이 그렇게 좋지 못하다. 부인병에 좋다는 꾸지뽕에 관심이 많다. 처음 모종을 많이 심을 때도 그러한 연유가 있었다. 그런데 드디어 열매가 열고 나무도 장성했으니 기대해볼 만하지 않은가. 나는 사닥다리를 갖다놓고 열매를 수확하면서 은근히 아내에게 "이제 모든 병이 완치된다."고 넉살을 부렸다. 아내는 그렇게 싫지 않은 모양이다. 채취한 붉은 열매가 양이 제법이다. 생과를 함께 먹어보니 달콤하고 뭔가 씨앗이 씹히는 뒷맛이 좋다. 열매와 가지 잎 채취한 양이 이웃과 나눌 수 있다.

나누는 일은 아내가 하기로 했다. 이튿날 아침에 일어나 보니 씻고 다듬고 유리병에 넣어서 부패되지 않도록 처리를 잘해두었다. 아마 친척들에게 나누어 주려나 보다. 심고 가꾸기는 어려워도 열매 따기는 좋다.

"인내忍耐는 쓰지만 열매는 달다."는 말이 떠오른다.

## 2

기도는 언제 할까

# 심향心香 만만리

　사람에게 나는 향기는 금방 만들어지는 것은 아니다. 오랜 세월 속에 그 사람의 생각과 행동이 빚어내는 종합 향수 같은 것이다. 좋은 사람 냄새를 그리워하는 사람이 부지기수다. 나이가 올라가면 더더욱 사람이 그리워진다. 좋은 인향人香이 그리워진다.

　전원주택을 마련하여 시골로 간 사람들 중에는 적응하지 못하고 다시 도시로 돌아오는 사람들은 대부분 외로움을 이기지 못한 탓이라 한다. 노인이 될수록 견디기 어려운 것이 고독이다. 고독은 무서운 병이다.

　사람의 향기는 어디서 날까? 사람의 마음에서 향기가 생긴다. 마음속 깊은 곳에서 향기의 씨앗이 움이 트고 자란다. 향기의 씨앗은 빨리 움이 트지도 않고 빨리 자라지도 않는다. 향기를 타인에 느끼게 하기 까지는 시간이 필요하다. 어쩌면 살아생전에 남에게 향기를 전하지 못하고 사후에 향기가 전해질 수도 있다.

화향백리花香百里 주향천리酒香千里 인향만리人香萬里라는 말이 있다. 꽃향기 백리 술향기 천리 사람 향기 만리 간다는 말이다. 사실 꽃향기는 백리를 가지 못한다. 양봉을 해보면 벌은 반경 2킬로 직경 4킬로가 활동무대이다. 벌이 꽃향기를 맡고 찾아가는 것이 겨우 반경 5리 정도이다. 10리 안에 있는 꽃들을 찾아다닌다. 사람의 후각 반경은 겨우 50미터 정도이고 가장 후각이 발달된 똥파리가 200미터 정도라고 한다.

그런데 백리 천리만리까지 향기가 퍼진다는 것은 상상이고 과장이다. 꽃향기가 백리까지 직접 가지 않지만 벚꽃이 만발할 때는 진해 군항제가 열리고 사람들이 모여든다. 꽃무릇이 필 때는 선운사에 사람들이 모인다. 꽃향기가 수백 리까지 스며들어 사람의 마음을 움직인 것이 아닐까.

시인 박목월은 「나그네」란 시에서 '술 익는 마을마다 타는 저녁놀'이라 했다. 정처 없이 떠도는 나그네에게 술향기가 그리웠는지 모른다. 주거니 받거니 술친구는 금방 허물이 없어진다. 남자가 술을 어느 정도 할 수 있으면 훨씬 사회생활에 적응을 잘할 수 있다. 술자리에 앉으면 호형호제呼兄呼弟할 수도 있고 기분 나쁜 일도 풀어질 수 있다. 술은 잘 절제할 수 있다면 사회생활에 좋은 촉매제가 된다.

사람의 나쁜 냄새는 금방 탄로가 난다. 구취口臭와 체취體臭는 다스리지 않으면 주변 사람들이 슬그머니 사라진다. 하지만 진정한 사람의 향기는 그런 사소한 냄새와는 전혀 관계가 없다.

중국 남북조 시대 송계아宋季雅라는 고위 관리가 정년퇴직에 대비해 자신이 살 집을 보러 다녔다. 그런데 지인들이 추천해 준 몇 곳을 다녀보았으나 마음에 들지 않았던 그가 집값이 백만금밖에 안 되는 집을 천백만금을 주고 여승진呂僧珍이라는 사람의 이웃집을 사서 이사했다.

그 집의 원래 가격은 백만금 정도밖에 되지 않았다. 이 얘기를 들은 이웃집의 여승진이 그 이유를 물었다. 송계아의 대답은 간단했다.

백만금은 집값으로 지불했고百萬買宅, 천만금은 여승진과 이웃이 되기 위한 값千萬買隣이라고 답했다. 좋은 사람과 가까이 지내는 데는 집값의 열 배를 더 내도 아깝지 않다는 의미다. 거필택린居必擇隣이라는 말이 있다. 이웃을 선택해서 살 집을 정해야 한다는 옛사람들의 선견지명을 새겨들을 일이다. 송계아는 여승진의 심향心香을 찾아간 것이다.

수개월 전에 안동 도산서원에서 열리는 연수에 1박 2일 참석했다. 도산서원은 퇴계 이황 선생이 제자들을 길러서 당대에 기라성 같은 인물을 배출한 곳이다. 내가 군 생활을 안동에서 할 때는 안동댐이 건설되지 않아서 도산서원이 한적한 곳에 아담하게 보였다. 이제는 유네스코 세계문화유산으로 등재되고부터는 찾는 사람이 국내뿐만 아니고 세계 각국에서 오고 있다.

공자의 77대손인 공덕성 박사가 추로지향비鄒魯之鄕碑를 도산서원 앞에 세운 것을 보면 퇴계 선생의 인향人香이 만만리까지 뻗친 것을 느낄 수 있다. 퇴계 선생의 최고의 가치는 경敬과 선善에 둔 것 같다. 공경하는 것, 겸손한 것, 그리고 착한 사람이 많아지는 것이 퇴계 선생의 염원 같았다. 연수기간 동안 퇴계 선생의 인향人香 즉 심향心香이 깊이 느껴졌다.

사람이 권력을 누리고 재력을 뽐내고 가진 것을 자랑해도 시간이 지나면 모든 것이 사라지고 후세에는 그의 인품과 심향이 오래 남게 된다. 인향은 심향에서 자라며 뿌리를 내리고 서서히 커간다. 비료를 주고 약을 쳐준다고 하루아침에 자라는 나무가 아니다. 잘 자란 나무는 세월을 건너뛰어 수백 년 수천 년 두고두고 향기를 전한다.

수신제가修身齊家라는 말은 유가儒家에서는 수신을 중요시했다는 뜻이다. 자신의 심신心身을 잘 다스리지 못하고 자신의 가정을 잘 꾸리지 못하면 사회생활이 어렵다는 경구警句이다. 수신은 마음을 갈고닦는 심경心耕을 말한다. 마음공부라는 말이 회자되기도 한다. 다른 공부보다 마음공부가 중요하고 쉽지 않다.

안병욱 교수는 마음공부의 근본은 '첫째 수심修心, 즉 마음을 닦는 것. 둘째는 용심用心, 마음을 쓰는 것.'이라 했다. 덕德과 인仁을 쌓고 선善을 행하는 것은 마음공부의 일환이다.

성서에 '마음으로 원이로되 육신이 따르지 않는다.'는 말이 있다. 마음 다스리기가 쉽지 않다는 말이다. 마음을 다스려서 심향이 나도록 하여 만리 밖에까지 전달되려면 시간이 걸린다. 좋은 향기는 전파력이 더디다. 빨리 전해지지 않는다. 오랜 세월이 지난 후에 좋은 향기가 은은하게 전해진다. 인향은 억지로 만들어지는 것은 아니다. 오랜 세월 속에 마음밭을 갈고닦고 하다 보면 은은하게 심향心香이 자라고 꽃이 피어 그 향기가 만만리로 전해질 수 있다.

# 귀농 귀촌歸農 歸村

근래에 귀농 인구가 꾸준히 늘고 있다. 도시 생활이 어렵기도 하지만 취업의 문이 좁아지니 삶의 돌파구를 귀농에서 찾으려 하는 사람이 증가한다고 보인다. 직업에 귀천이 없다고 하지만 농업에 종사하면 특히 총각은 결혼하기가 쉽지 않은 것이 어제오늘의 일이 아니다.

하지만 이제 세월이 달라졌다. 농사를 옛날처럼 짓지 않는다. 규모도 커지고 일하는 방법도 거의 기계로 한다. 전에는 농사를 지으면 무식하고 우직한 사람으로 폄하했지만 지금은 다르다. 첨단 장비의 사용법이라든지 인터넷으로 농산물을 사고파는 시대가 열렸다.

이제 농사도 기업이며 사업이다. 옛날의 농사는 먹는 것 해결을 위해서 주로 했다면 지금은 다르다. 어떻게 농산물을 생산해서 잘 팔 수 있는가? 경제적 이득을 많이 올릴 수 있는가? 사업이 되고 있다. 농촌에서 억대 부자가 전국적으로 상당수에 이른다.

귀농인歸農人도 지금은 젊은 사람들이 많이 지망하고 있다. 또한 젊은이가 귀농을 하게 되면 국가로부터 지원도 크다. 국가적으로도 젊은이들이 농촌에 정착하여 보람된 삶을 찾는다면 더 좋은 일이기 때문이다.

귀촌歸村은 조금 다르다. 정년 퇴직자나 생업의 일선에서 물러난 사람들이 고향이 그리워 가는 수가 더러 있다. 그렇다고 귀촌도 쉬운 일이 아니다. 자기의 고향에 가도 환영받지 못하고 따돌림받는 수도 있다. 평소에 고향에 등한시等閑視한 사람들에게는 고향으로의 귀촌도 금의환향錦衣還鄉이 못 된다.

귀농 귀촌을 하면서 왕따를 당하는 사람들은 대체로 '3체' 하는 사람들이라고 한다. '아는 체, 있는 체, 잘난 체'하는 사람들을 싫어한다. 이런 부류의 사람들은 시골에서만 왕따를 당하는 것이 아니다. 어느 사회 어느 집단에 가도 왕따를 당할 가능성이 있는 사람들이다. 대체로 사람들은 '체'하는 사람들을 싫어한다.

겸손한 사람이 환영받는다. 자신을 낮추고 알아도 모른 척 배우려는 자세는 이웃과 가까워지고 친해지기 마련이다.

귀농에 성공한 한 농장을 방문했다. 그는 선친으로부터 물려받은 농토를 버려두고 도시 생활을 하였지만 고향이 그리워 돌아왔다. 그는 평소에 고향에 관심을 가지고 자주 방문하기도 하고 고향 사람들의 희로애락을 함께 하였기에 귀향에 어려움이 없었다.

처음은 적응에 어려움이 많았으나 잘 견디어 이제는 전국에 손 꼽는 귀농 성공 사례가 되었다. 그는 수익이 생기면 이웃과 나누는데 인색하지 않으며 돈 버는 것은 자기 혼자서 하는 것이 아니고 여러 사람의 도움으로 가능하다고 말한다.

"작은 돈은 혼자 벌 수 있지만 큰돈은 여러 명이 벌어야 가능하다."라고 한다. 맞는 말이다. 남의 일을 잘해주어야 사업이 된다. 그러기 위해서는 독식獨食하려는 생각을 버려야 된다. 이웃과 잘 공존할 수 있는 방안이 중요하다. 귀농에 실패한 사람들 중에는 농촌생활을 만만하게 생각한 사람들이 대부분이다. 신중하게 생각하고 깊이 고민해야 된다. 특히 집성촌에 귀농이나 귀촌하려면 더더욱 힘이 든다. 그들은 외부인이 와서 터 잡고 사는 것을 그렇게 환영하지 않을 수 있다. 최대한 겸손하며 마을의 대소사에 솔선해도 적응하기가 쉽지 않다.

완전히 귀농 귀촌하기 전에 그곳에 가서 얼마 동안 살아보고 결정하는 것이 좋다는 이야기도 있다. 신중히 생각하라는 이야기이다. 특히 시골에서 자란 사람들은 퇴임을 앞두고 막연하게 전원주택이나 귀촌을 꿈꾸지만 이루기는 쉽지 않다. 잘못하다가는 전원주택이 처치 곤란한 두통거리가 될 수도 있으니 신중해야 된다.

근래 귀농귀촌이 젊은 사람들에게 인기가 있다는 것은 바람직한 일이다. 젊은이들뿐만 아니라 나이 많은 사람들도 마음 붙이고 잘 살 수 있는 귀농 농촌이 되기를 소망해 본다.

# 기도는 언제 할까

나는 늘 기도를 한다. 그렇다고 특정한 지역에 가서 통성으로 기도하며 눈물을 쏟는 것은 아니다. 흔히 기도는 종교인들만의 전유물인 줄 알지만 그렇지 않다. 특히 민초들은 괴롭고 힘들 때 천지신명天地神明께 빌고 해와 달을 보고 절을 하고 바위에도 빌고 큰나무에도 기도한다. 그러고는 위로를 받는다.

나는 어릴 때 6·25 전쟁에 참전한 삼촌을 위하여 아침저녁으로 정화수를 장독대에 올려놓고 지성으로 기도하는 할머니를 보았다. 하루도 거르지 않고 기도하셨던 할머니의 모습이 지금도 선하다. 지성이면 감천이라더니 삼촌은 적탄에 맞아 어깨 부분에 관통상을 입고도 목숨을 구했다. 할머니의 지극정성으로 천지신명이 보살펴주었다고 생각하였다.

영국의 소설가 버나드 쇼는 "기도는 대부분 신에게 부탁하는 거다."고 하였다. 가만히 생각해보면 틀린 말이 아니다. 교회에서 공중 기도를 하는 대부분의 사람들의 기도를 들어보면 하나님께 부탁이 많다.

복을 내려달라, 재물을 내려달라, 죄를 용서해 달라, 병을 고쳐 달라, 취업 되게 해 달라, 자식을 달라, 시험에 합격하게 해 달라 등등 달라는 부탁이다. 무얼 해주기를 바라는 기도가 대부분이다. 하나님을 위해 무얼 하겠다는 말은 그렇게 많지 않다. 기도를 하고 자기가 원하는 부탁이 이루어지면 소원성취를 하였다고 좋아하기 마련이다.

교회만이 그런 것은 아니다. 종교모임은 다 기도가 있을 것이다. 기도가 이루어진다는 것은 어떻게 보면 종교의 속성인 신비의 한 단면일 수 있다. 종교는 형식도 중요하지만 신비성이 매우 중요하다. 신비성에 너무 치우치거나 기도하면서 달라고 부탁만 한다면 신앙은 위험하며 사이비 종교로 전락할 가능성이 커진다.

프란체스코 교황은 "기도는 먼저 자신을 위해서 하고 다음 우리를 위해서 하라."고 말했다. 기도는 자신을 위해서 하기도 하지만 타인을 위해서 하는 것도 중요하다. 넓게는 세계평화와 국가를 위해서 또한 국가의 지도자를 위해서, 좁게는 가족, 친구와 이웃을 위해서 할 수 있다.

한때는 기도원이 번창하였다. 기도하러 다니는 사람이 끊이지 않았다. 허지만 산업의 발달과 사람들의 신앙관이 달라지면서 기도원은 지금은 거의 사양길에 놓였다. 옛날처럼 문전성시를 이루는 곳은 거의 없다. 그런 탓인지 기도원을 매각하려는 광고가 심심찮게 나돈다.

성서에는 "너는 기도할 때에 골방에서 아무도 모르게 하라."는 말이 있다. 지극히 당연한 말이다. 길거리에서 기도하는 바리새인들을 예수는 나무라셨다. 기도는 아무도 모르게 혼자 하나님과 대화하는 것이다. 자랑하는 것이 아니다.

특별 기도를 하는 사람들은 대부분 특수한 일이 닥쳐올 때 한다. 입시철이 되면 기도처마다 사람들이 붐빈다. 사업이 여의치 않으면 사람들은 신에게 부탁을 해본다.

팔공산 아래 갓바위에는 수능고사가 있을 즈음 초만원 사람들로 발 디딜 틈이 없을 정도다. 약사여래상 앞에 무릎을 꿇고 기도를 올린다. 다른 기도처도 비슷하리라.

기도를 하는 것은 절대자 신에게 나의 처지와 형편을 헤아려주기를 바라는 마음이다. 아무래도 인간은 나약하다. 건강하고 뭔가 잘되고 할 때는 안하무인眼下無人으로 설치던 사람들도 건강에 위험신호가 오거나 사업이 기울어지면 절대자를 생각하기 마련이다.

선거판이 벌어지면 출마자들이 유권자들에게 고개를 숙이고 극도의 친절을 베풀지만 지나고나면 언제 그랬느냐고 돌아서는 사람들이 훨씬 많다. 사람의 마음을 얻으려면 평소에 잘해야 된다. 기도도 자기가 급하고 필요해서 신에게 부탁을 하려면 잘되지 않는다. 기도를 어떻게 해야 될지 망설여진다. 조금 부끄러운 마음도 들 것이다. 꼭 자기가 필요해서 빌러 온 것이 떳떳하지 못할 수 있다. 허지만 늘 평소에 간구하고 언행을 바로 한 사람은 그렇지 않다. 평소에 하던 대로 하면 된다. 기도는 언제 할 것인가는 꼭 자기가 위급하고 필요할 때가 아니다. 자신의 생활이 기도가 되도록 힘쓰고 애쓰면 바람직하지 않은가.

# 그때가 좋았다

사람들은 대부분 지난날을 그리워하고 "그때가 좋았다."고 한다. 특히 남자들이 군 생활을 마치고 제대를 하고 나면 고생했던 그때의 일들이 추억이 되어 "그때가 좋았다."고 하는 사람이 상당하다. 그렇다면 지난날은 다 아름답고 좋기만 한 것인가? 꼭 그런 것은 아니다. 사람에 따라 지난날이 좋을 수도 있고 안 좋을 수도 있다. 지나고 보니 그래도 다행이었다, 그런 생각이 드는 일들이 종종 있다.

어떤 심리학자는 사람이 일생동안 좋았던, 즐겁고 기쁘고 행복했던 순간을 시간으로 계산해보니 불과 72시간 정도였다고 발표한 것을 본 적이 있다. 일생을 7~80년으로 본다면 1년에 한 시간 정도 안 되는 시간을 좋았던 시간으로 추정한다는 것이다. 좋은 거라 생각하면 지나가버리는 것이 즐거운 시간이며 행복이라고 말할 수 있다.

시인 칼 붓세는 "행복을 찾아 산 넘고 들 건너가 봐도 없었다." 라고 자탄自歎하였다. 행복이나 즐거움은 손에 쥐어지고 눈에 보이는 것이 아니다. 느끼면 가버리고 없는 무형의 것이다. 그래도 사람들은 지나고 나면 그때가 좋았다고 말한다.

철학자 김형석 교수는 그의 저서에서 "사람이 일생 동안 가장 좋은 시간이 65세에서 75세라고 친구들이 모여서 이야기한 적이 있다."라고 했다. 일을 그만두고 한가하게 만물을 관조觀照하는 나이라는 의미 같다. 공자는 사람이 일흔이 되어서는 무엇이든 하고 싶은 대로 하여도 법도에 어긋나지 않는다고 했다.[七十而從心所欲 不踰矩]

며칠 전에 초등학교 친구들의 모임이 있었다. 이제 나이가 제법 되니 병원에 드나드는 친구들이 생긴다. 시골에 사는 친구 K가 몹시 아프며 일주에 두세 번씩 투석을 한다고 전해 주었다. 신장에 이상이 생기면 투석을 하게 된다. 한번 투석하는 데 3~4시간 정도 걸린다니 결국은 일상의 생활이 불가능하다. 사람을 만나고 이야기하는 것도 싫은 것이다.

나는 그 이야기를 듣고 집에 와서 친구에게 전화를 하였다. 목소리에 힘이 없고 병색이 짙어 보였다. 한번 방문하리라 하니 극구 오지 말라고 말한다. 그렇게 활동적이고 친구들을 좋아하던 그가 생기를 잃어버렸다. 나는 서둘러 다음 날 친구를 만나러 갔다. 예고 없이 찾아온 친구이기에 반갑지만 내색을 하지 않는다. 친구의 방에 들어가니 집안에 온기가 없다. 왠지 서늘한 기분이 든다. 잠시 앉아서 이야기를 나누다가 집으로 돌아왔다. 겨우 걸어서 대문까지 배웅해주면서 친구는 나에게 "그때가 좋았다"고 했다. 내가 물었다. "그때라니?" "술 먹고 담배 피우고 친구들과 어울려 밤 깊은 줄 모르고 놀았을 때"라며 엷은 웃음을 얼굴에 보이면서 되돌아 집으로 들어갔다.

나는 차를 몰고 오면서 그 친구의 말을 되뇌어 보았다. '그때가 좋았다.' 사람에 따라 그때는 다르다. 지나고 보면 좋았던 때가 떠오른다. 좋았던 시간을 만들려면 지금이 좋아야 된다. 지금이 좋으면 지나고 나면 그때가 좋은 것이다.

나는 언제가 좋았는가? 생각해 보았다. 딱히 좋았다는 때가 떠오르지 않는다. 그렇다면 아직 좋은 때가 남아 있다는 건가? 이런저런 생각을 하면서 고향 친구 K의 빠른 쾌유를 빌었다.

# 보이는 것과 보이지 않는 것

대부분의 사람들은 보이는 것을 중요하게 생각한다. 백문이 불여일견百聞而 不如一見이라는 말이 널리 알려져 있으며 보는 것이 듣는 것보다 훨씬 낫다는 생각이다.

사람을 볼 때도 우선은 보이는 것을 먼저 본다. 얼굴 외모 자세 등 눈으로 보이는 것을 보기 마련이다. 사람을 볼 때 신언서판身言書判을 중하게 여긴 것도 우선 눈에 보이는 것을 먼저 생각하기 때문이다. 기업체에서 사람을 채용할 때도 면접 점수를 높게 주는 이유도 눈에 보이는 것을 우선으로 생각하기 때문이다.

몸이 바르고 얼굴이 바르고 문장력이 있고 판단력이 있다면 신입사원으로 면접에는 결격사유가 거의 없다고 보아진다. 하지만 <탈무드>에는 사람을 판단하는 기준으로 네 가지 척도가 있다고 가르치고 있다. 돈 술 여자 시간에 대한 태도가 그것이다.

돈과 술과 여자는 눈에 보이지만 시간은 눈에 보이지 않는다. 무슨 일을 처음 시작할 때는 각오도 새롭고 결심도 단단히 하지만 시간이 지나면 느슨해지기 마련이다. 특히 회계업무에 종사하는 사람들은 돈을 보기를 돌처럼 보라 하지만 시간이 지나면 면역이 떨어져서 사고를 내기도 한다. 술과 여자는 대부분의 남자들에게는 늘 유혹의 대상이다.

한번은 로마 폼페이 유적지에 여행을 간 일이 있었다. 옛날 여관 같은 건물 앞에 가이드가 서더니 대문 위를 쳐다보라고 한다. 남자가 하체를 완전히 드러내 놓고 서 있다. 무얼 느꼈느냐고 묻는다. 일행 중에는 웃는 사람도 있고 별것 다 보라 한다는 사람도 있었다. 가이드 왈 옛날에 이 그림을 보고 웃는 사람에게는 여자를 붙여서 거래를 성사시키고 무표정한 사람에게는 돈다발을 안겨서 무역을 하였다니, 예나 지금이나 별반 다를 바가 없다. 돈과 술과 여자는 남자에게 강한 유혹의 대상이며 한 세트로 엮어져 있다고 볼 수 있다. 근래에 일부 젊은 연예인들의 일탈된 행태를 보면 안타까운 마음을 금할 수 없다.

시간경영이라는 말이 있다. 시간은 눈에 보이지 않지만 쉴 사이 없이 세월이 흘러간다. 유행가 가사처럼 '고장 난 벽시계는 멈추어도 세월은 멈추지 않는다.' 하루 24시간을 어떻게 사용하는가에 따라 인생은 달라진다. 하루 이틀 한두 달은 별 차이가 없겠지만 일년 이년 십년의 세월이 훌쩍 지나고 나면 시간 사용을 어떻게 했느냐에 따라서 인생행로人生行路가 판이하게 달라진다.

시간은 눈에 보이지 않지만 사람의 일생을 좌우하는 결정적 요인이다. 시간을 낭비하는 사람이 나의 주위에는 너무도 많다. 할일 없이 시간을 소비한다. 보람되게 보내지 않는다.

『내 인생 최고의 멘토Mentor』에서 이영권 박사는 자기의 멘토 조지 브라운으로부터 시간 경영을 배웠다고 고백했다. 매일 아침 5시에 일어나고 한 시간 일찍 출근하는 습관을 몸에 익혔다. 고졸 출신 조지 브라운은 자동차 세일즈맨으로 이영권 박사와는 다른 업종이고 겉으로 보기에는 이 박사의 멘토가 될 사람이 아닌 듯하지만 연봉 1,000만 불 미국 최고의 자동차 세일즈맨인 브라운은 평생 이 박사의 멘토가 되었다. 그로부터 시간경영을 배워서 이 박사 역시 아침 5시에 기상하여 일을 진행하여 많은 사람들의 멘토가 되어주었다.

제주도를 여행하다 보면 어떤 도로에 가서 자동차 시동을 멈추었는데 차가 전진하는 것처럼 느끼는 길이 있다. 신기하다. 나는 택시기사에게 어떻게 이런 일이 있느냐고 물었다. 착시錯視 현상이라고 말했다. 실제의 현상과 다르게 보이는 것이다.

눈에 보이는 것에 너무 의존하다 보면 착시현상이 올 수도 있다. 눈에 보이지 않는 것이 때로는 훨씬 중요하다. 건강 검진을 해보면 눈에 보이는 것이 문제가 아니다. 외모는 멀쩡해도 속병이 있는 사람이 허다하다. 오장육부는 거의 보이지 않는다. 보이지 않는 부분이 건강한 사람이 더 건강하다. 혈관 근육 신경 심장 폐 간 겉으로 보이지 않지만 건강유지에 중요한 부분이다. 내시경으로 내장을 들여다봐도 완벽하지는 않다.

사람도 세월이 지나 보면 보이는 부분보다 보이지 않는 부분이 튼튼한 사람이 더욱 마음이 간다. 인격이나 덕망德望은 금방 보이지 않지만 시간이 흐르면 보인다. 사람의 마음도 짧은 시간에는 잘 보이지 않지만 점차 보이기 시작한다. 어떻게 생각하면 보이는 것보다 보이지 않는 것이 더 값지고 중요하게 느껴진다. 보이지 않는 것을 잘 보이도록 하려면 시간이 필요하다. 시간 속에 보이지 않는 것이 영글어가는 것이 아닐까.

# 성직자의 일탈

근래 승려들의 도박 사건이 세상에 알려지면서 불교계는 말할 것도 없고 사회 전체가 시끄럽다. 특히 석탄일을 목전에 둔 사찰들은 좌불안석坐不安席이랄까. 사건에 연루된 승려들이 모 종파의 거물급 스님들이고 보니 실망감은 더욱 크다. 죄 없는 자가 먼저 돌로 치라 할 때 아무도 나서지 못한 것처럼 감히 누구를 정죄하기란 쉬운 일은 아니다.

성직자들의 타락은 어떤 종교에 국한되는 것이 아니다. 성직자이니만큼 사회 전반에 미치는 영향이 상당하다. 일반인들은 막연히 성직자들에게 도덕적으로 윤리적으로 바르기를 기대하고 있다. 자기가 신봉하는 종교가 아니더라도 타락한 성직자들을 기독교에서는 '삯꾼 목자'라 한다. 불교에서는 '돌중' 또는 '땡중'이라 부른다. 그들은 이미 성직자가 아니기 때문이다.

루터가 종교개혁을 할 무렵 구교[Catholic]는 이미 부패의 도가 넘었다. 소위 성직자들이 낮에는 무릎으로 계단을 오르내리는 고행을 하고, 밤에는 신부와 수녀가 지하에서 사생아를 출산하는 사실을 알게 되고 루터는 95개 조항을 내걸고 종교개혁을 외쳤다. 모든 일이 도가 넘거나 틈이 생기면 부정부패의 온상이 되기 쉽다. 특히 종교는 자정 능력이 없어지면 곧 부패된다는 것을 역사가 말해주고 있다.

성서에 돈은 만악萬惡의 근원이며 마약과 같은 것이라 하였다. 마약은 바르게 쓰면 정말 좋은 약이다. 나는 군 생활을 할 때 의무대에 잠시 근무한 적이 있다. 극약과 마약은 엄격히 비밀상자에 보관되어 있었고, 취급자가 지정되어 있었다. 당시 나는 선임이 되어 상자 안을 볼 수 있었고, 전시용戰時用 약품을 비상시에 쓸 수 있었다.

한번은 내가 페니실린 주사를 놓는 중에 부사관 한 사람이 쓰러져버렸다. 나는 너무나 놀라서 군의관에게 보고하였다. 군의관은 마약으로 보관되어 있는 모르핀을 가져오라 하였다. 마치 꺼져가던 호롱불이 살아나듯이 거짓말처럼 얼굴에 화색이 돌고 회생되더니 다시 얼굴이 하얗게 되어 눈을 감았다. 즉시 모르핀 주사를 한 대 더 놓았다. 모르핀은 다른 주사와는 다르게 혈관이나 근육에 아무 데나 찔러도 되며 옷을 입은 채로 맞아도 되었다.

얼마 후 완전히 소생되었다. 페니실린을 주사할 때는 쇼크를 염려해서 전에 맞아 보았느냐고 반드시 물어보아야 한다. 아니면 눈에 실험을 해서 이상이 없을 때 주사해야 한다. 부사관의 말만 믿고 주사하다가 큰 변을 당할 뻔했다.

나는 그 후 마약의 위력을 알게 되었고 마약 사건이 터질 때마다 관심 있게 보게 되었다. 마약은 중독이 되면 문제가 생기지만 적절히 잘 사용하면 좋은 약이다.

돈이 많은 곳에는 마약처럼 문제가 생기는 것을 흔히 보게 된다. 사회 전반에 터지는 크고 작은 문제들이 거의 돈과 연관되어 있음을 알 수 있다.

돈이 많으면 성직자들도 타락하여 본분을 잃어버릴 수 있다. 수입이 많은 사찰에 주지가 바뀔 때 조용히 오가기도 하지만 때로는 칼부림을 하는 것을 가끔 볼 수 있었다. 돈 때문이다. 권력과 명예, 돈과 여자에게 틈을 주는 자는 성직자로서 부적격자이다.

성직자 양성과정을 보면 그 종교의 앞날을 예견豫見할 수 있다. 쥐나 개나 아무나 성직자가 될 수 있다면 곧 망하게 될 것이다. 양성과정이 엄격하고 어려울수록 좋은 성직자를 배출할 수 있다.

나의 제자 중 한 명이 신부가 되어 서품식敍品式을 한다기에 참석했다. 식 자체가 엄숙하고 화려했다. 경과보고를 듣고 깜짝 놀랐다. 열 명이 입학하여 두 명만이 전 과정에서 합격하여 신부가 되었다. 공사생활公私生活을 전부 점수화해서 천주교에서 정한 수준이 되지 않으면 가차 없이 탈락시켜 버린다니 쉬운 일이 아니다.

목사는 다르다. 종파宗派에 따라 까다로운 곳도 있지만 아주 쉽게 목사가 되는 수도 있다. 우스갯소리로 어떤 이는 바다 건너갔다 오더니 목사가 되어 왔다고 비아냥거리기도 한다. 자질이 부족하다는 이야길 것이다. 일 년에 수천 명씩 배출되는 목사들이 갈 곳이 없다. 하루빨리 신학교를 정비하고 정예 성직자들을 양성하지 않는다면 곧 기독교에 위기가 올 수 있다.

성직자들의 탈선은 어제오늘의 일이 아니다. 늘 있어왔지만 수면 아래에 숨겨져 왔고 알아도 모른 척하고 지나왔을 따름이다. 이제 알려졌다면 불교계부터 뼈를 깎는 정화 작업이 필요하다. 어중이떠중이가 중이 되고 거리에 불량배들이 절에 숨어 스님 노릇을 한다면 불교의 장래도 불을 보듯이 뻔하다.

원로 스님들이 108배 참회를 한다고 해도 민심을 얻기는 쉽지 않을 것이다. 환골탈태換骨奪胎하는 마음으로 부적격 '땡중'들을 하루속히 추방해야 스님들이 살 수 있다. 성철스님이나 법정스님이 하루아침에 혜성처럼 나타난 것이 아니다. 그들은 일생을 바쳐 수행하고 중생을 위해 정진하였으므로 종교에 관계없이 존경받는 것이다. 불교의 승려 양성과정을 잘 모르지만 엄격하고 철저히 하지 않는다면 마찬가지로 앞날이 불투명하다.

사찰 중에는 문화재로 등록되어 국가로부터 문화재 유지보수 관리비로 거액을 받는 절이 있다. 또한 해마다 템플 스테이 등 국가로부터 상당한 지원을 받고 있으면서도 조금만 서운한 일이 생기면 태클을 걸고 실력행사 운운하면서 당국을 괴롭히기도 한다.

국가로부터 받는 혜택은 국민의 혈세임을 명심해야 하며 국민을 위해 봉사해야 된다. 정부로부터 받는 지원은 별도이고 신도들이 바치는 시주를 허랑방탕해서는 존경받지 못한다. 돈은 마약과 같다는 사실을 잊어서는 안 된다.

사월 초파일이 가까워지면 전국이 불교 나라가 된 듯이 온 거리에 연등을 달고 야단법석을 피운다. 십이월 크리스마스가 다가오면 크리스마스 트리 장식이 여기저기 보이고, 캐럴이 거리를 메우며 기독교 나라가 된듯하다. 이러한 전시 효과는 지난날의 일이지 요즘은 그런 것을 보고 마음이 움직이지 않는다. 진실한 행동으로 보여줄 때 민초民草들은 감동한다.

성직자들도 사람이다. 하지만 그들은 신으로부터 선택받은 일반인과는 다른 사람이라 한다. 돈과 명예를 쫓고 권력을 탐하며 주색잡기酒色雜技를 즐긴다면 그들은 이미 성직자가 아니다. 그러한 사이비 성직자들은 자신을 위해서 또한 다른 성직자들을 위해서 하루빨리 성직에서 떠나야 한다. 무엇보다 모든 국민들을 위해서 타락한 성직자들은 자기가 속한 종교에서 성직의 가면假面을 벗어주기를 바랄 뿐이다. 모든 성직자들이 세상의 빛과 소금의 직분을 감당하며, 수행에 정진하고 유혹의 틈에 빠지지 않을 때 우리 사회는 더욱 밝게 되리라.

# 면역력 키우기

가을에 접어들면 독감 예방접종을 하라고 통지가 온다. 무료 예
방접종이니 날짜를 맞추어서 가야 한다. 근래는 각 지역 병의원으
로 분산해서 접종을 하게 되어 한결 수월하다. 예방접종 초창기에
는 지역 보건소에서 선착순으로 하다 보니 새벽같이 노인들이 줄
을 서다가 오히려 독감에 걸렸다는 우스갯소리가 회자되기도 하
였다.

병을 예방하려면 음식을 적절히 섭취하고 운동을 적당히 하면
좋다고 하지만 마음대로 되는 일이 아니다. 병에 걸리고 나면 후
회하지만 예방은 소홀히 하는 수가 허다하다. 병은 소리 소문 없
이 올 수도 있기 때문이다.

나는 대체로 건강한 편이다. 아파서 병원에 입원한 적이 아직은

없다. 흔히 성인병이라는 고혈압 당뇨 고지혈증 등 그런 병으로 병원을 드나들거나 약을 상시 복용하지도 않는다. 그러니 어느 정도 건강에는 자신이 있었다. 웬만히 아파도 참고 지나면 괜찮아지니 좀 아픈 것은 별거 아니라고 생각했다. 자만심은 좋지 못하다.

한번은 젊은 선생님들과 테니스를 하다가 다리를 삐걱했다. 오른쪽 다리가 좀 불편했으나 대수롭잖게 생각하고 여름방학을 맞이하여 국내외 여행을 여러 날 다녔더니 사달이 나고 말았다.

병은 초기에 다스려야 잘 조치를 할 수 있는데 좀 키워버렸다. 방학을 마치고 등교하였는데 더 심하게 허리가 아프다. 그러는 와중에 수원에서 일 주간 연수를 받게 되었다. 잘 걸을 수가 없었다. 시간만 나면 누워있어야 되니 정상적인 생활이 거의 불가능했다. 이러다가 병신이 되는 것이 아닌지 걱정이 되었다.

병은 한 가지지만 약은 백 가지라 한다. 연수원 부근 하숙집에서 그렇게 멀지않은 곳에 찜질방이 있었다. 그곳에 지압을 잘하는 사람이 있다고 하숙집 아주머니로부터 소개를 받았다. 답답한 마음에 가보았다. 우선 등을 만져보고 척추 몇 번에 이상이 있다고 말했다. 며칠 지압을 해보면 차도를 알 수 있다고 위로한다. 3일차 내일 연수를 마치고 집으로 간다고 말했더니 최선을 다하리라 말한다.

널빤지 같은 것을 가져와서 엎드려라 한다. 얼굴 부근에 구멍이 뚫려있었다. 얼굴을 구멍에 넣고 있으니 괜히 불안하다. 의사도 아닌 사람에게 몸을 맡겨서 병신이 되는 게 아닌가? 염려스럽다. 나도 모르는 사이에 주여! 하고 기도했다. 지압사가 교회에 다니느냐고 묻는다. 그렇다고 하니 자기는 교회의 집사인데 하나님께서 고치도록 보냈다고 안심하라고 달랜다. 다소 마음이 놓인다. 얼금얼금한 널빤지를 등에 밀착시켜서 밀었다 당겼다를 몇 번 하는 중에 등뼈가 삐거덕하는 것 같기도 했으나 참기로 했다. 주사위는 던져져 버렸다.

이게 웬일인가? 등이 시원하다. 곧 나을 것 같은 기분이 들었다. 샤워를 하고 하숙집에 가서 잠을 자고 나니 한결 좋아졌다. 만약 차도가 있으면 연락하든지 한 번 더 오라고 폰 번호를 받아두었는데 그럴 필요가 없을 것 같다. 연수를 마치고 집에 돌아와서 점차 허리는 나아졌다.

테니스 라켓을 비롯해서 과격한 운동을 필요로 하는 도구를 모두 다른 사람에 기증하거나 폐기 처분했다. 그 후 나는 운동은 거의 걷는 운동 외에는 잘 하지 않는다. 경쟁을 하는 운동은 거의 사라졌다. 낮은 산을 오르거나 강둑을 걷는 것이 고작이다. 면역력을 키우기가 쉽지 않다. 젊은 날 이런저런 운동이나 일을 해본 사람들은 면역력이 다소 강하다.

얼마 전에 초등학교 동기들이 몇 명 만났다. 할머니 여학생 몇 명이 왔다. 모처럼 만나보니 누군지 분간이 잘 안 된다. 아마 그들도 할아버지 남학생들을 분간을 잘 못 했을 테지. 밥을 아무거나 잘 먹지 못하는 처녀 할머니 여학생이 있었다. 일생을 혼자 사니 시집살이를 잘 모른다. 시집살이 중에 남편 시집살이가 힘들다고 한다. 자식을 키우고 자립할 때까지 돌본다는 것이 여간 힘든 일이 아니다. 결혼을 하지 않은 사람은 시집살이 면역이 약하다. 여자는 남편 시집살이 남자는 아내 시집살이가 근래는 만만하지 않다. 맞벌이 부부가 늘어나고부터 남녀 구별이 거의 없다. 가사도 분담해야 되고 육아도 분담해야 된다. 옛날에는 여성이 직장생활을 거의 하지 않았다. 결혼하면 직장을 그만두고 살림살이를 하였다. 지금은 다르다. 시대가 달라졌다. 대부분 사람들이 맞벌이를 하지 않으면 생활이 곤란할 정도다. 몸도 마음도 어렵고 힘든 일에 면역력을 키워야 된다. 조금 늦었지만 면역력 키우기에 더욱 힘을 써야겠다.

# 애인이라는 말

젊은 시절 애인[Lover]이라는 말을 들으면 괜히 가슴이 뛰었다. 김내성의 소설 「애인」을 읽고 친구들과 갑론을박甲論乙駁을 하였으니 철없는 시절 아름다운 추억이 되었다.

하지만 이제 애인이라는 말을 들었다고 심장이 뛰거나 얼굴이 붉어지지 않는다. 물론 나이도 있겠지만 시대가 애인이라는 말을 변질시켜버렸다.

애인이 전에처럼 젊은이들만이 갖는 특권적인 말이 아니다. 애인이 없으면 6급 장애라는 우스갯소리가 오간다. 흔해진 게 애인이다.

애인이 전에처럼 가슴이 벌렁거리며 만나고 헤어지는 청춘남녀의 전속물이 아니다. 근래의 애인은 불륜의 상대이며 쾌락의 대상으로 전락되었다.

물론 아직도 애인이라는 말에 가슴이 벅차게 달아오르는 청춘 남녀가 없는 것이 아닐 테지만 본래의 의미와는 달라진 것은 확실하다.

모 조사기관에서 50대 주부들을 대상으로 애인이 있거나 앞으로 있으면 어떠냐고 물어보았더니 50퍼센트 이상이 긍정적으로 답했다는 이야기를 들었다. 애인과 전원주택은 생기면 그날부터 머리가 무겁다고 한다. 관리하기가 어렵기는 비슷하기 때문일 테지.

우리 마을 강에 자그마한 잠수교潛水橋가 생겼다. 강을 건너면 고수부지가 넓게 있다. 사람들이 잠수교를 건너 고수부지에 텃밭을 만들어 가을 채소를 너나없이 갈았다. 경쟁이 치열하여 처음에는 땅을 많이 차지하려고 싸움이 벌어지고 삿대질을 하면서 욕설이 오가기도 하였다.

그러다가 정리가 되고 한참 재미를 붙여 채소가 파릇파릇 고개를 들 즈음 태풍이 몰고 온 홍수에 텃밭이 거의 없어져 버렸다. 물이 빠지고 제2차 싸움이 벌어졌다. 좋은 자리를 차지하여 다시 채소밭을 만들려고 야단법석이었다.

구청區廳에서 '경작 금지' 팻말을 여기저기 박아두어도 아랑곳하지 않고 경쟁적으로 밭을 만들었다. 내가 아는 P여사도 텃밭을 만들어보려고 강가에 가보았더니, 벌써 다 자리가 정해져서 돌아오려는데 남자 한 분이 "아주머니 텃밭 좀 드릴까요? 채소 심으실래요?" 한다. "어머 고마워요." P여사는 채소밭이 확보되었다.

아침저녁으로 정성을 쏟아 배추 모종을 심고 무씨를 뿌려 텃밭이 되었다. 땅을 양도해준 아저씨에게 고맙다고 좋은 술 한 병을 선물로 주었다. 텃밭에 갈 때마다 와서 채소 관리법을 알려주어 무척 고마웠다. P여사는 도시에서 자라서 농사를 잘 모른다. 늘 와서 일러주는 아저씨가 고마웠다.

어느 날 텃밭을 양도해준 아저씨가 폰으로 텃밭과는 전혀 관계 없는 이야기를 하여 깜짝 놀라서 당분간 텃밭을 팽개쳐버렸다. 난 이야기를 묻지 않아도 짐작은 하였다. 얼마 후에 P여사는 텃밭을 그만두었다. 사내가 자꾸만 애인이 되어달라고 졸라서 더 이상 텃밭을 돌보기 싫어졌다.

내가 아는 카페지기 K여사는 카페를 그만두었다. 그는 남편이 직장에 근무할 때 낙이 카페 운영이었다. 새 글과 그림을 올리고 음악을 퍼다 나르면서 하루하루가 지루하지 않았다. 그러다가 차츰 카페에 드나드는 사람들을 직간접적으로 알게 되어 어떤 사람은 만나서 밥도 먹기도 하고 차도 마시기도 하면서 즐거운 세월을 보냈다.

점차 카페에 식구들이 많아지고 여러 종류의 사람들이 모이니 요구조건도 다양해지고 기대치도 달랐다. 공적인 요망사항은 들어줄 수 있지만 개인적인 문제는 다 들어주기 어려웠다. 그중에도 4, 50대 남자들이 노골적으로 애인이 되어 달라고 졸라서 그는 그만 카페를 그만두었다.

애인愛人, 사랑하는 사람! 얼마나 좋은 말인가. 듣기만 해도 가슴이 설레고 뜀박질하던 말이 시대의 흐름에 따라 그 의미가 달라지고 있다.

애인[Lover]이라는 말이 본래의 의미를 찾으려면 다소 시간이 걸릴까 아니면 영원히 퇴색되어 버릴까 좀 더 시간이 흘러봐야 알 것 같다.

# 지나치면

지난주 설교 시간에 느닷없이 목사님이 개 권사 이야기를 꺼내셨다. 개는 사람과 가장 친밀한 동물이다. 반려동물 중에서 가장 사랑받는 동물이 개다. 개는 때로는 주인을 위해서 목숨도 바친다. 제4땅굴의 입구에 군견 헌트의 동상이 있다. 군견이 땅굴에 사람보다 먼저 진입하다가 북한군이 매설한 지뢰 폭발로 사람 대신 죽었다. 소위로 추서되고 훈장도 수여받았다.

개가 사람과 밀접한 관계가 있으며 가장 사랑받는 동물임에도 개 자字가 붙으면 좋은 것이 아니다. 개살구 개떡 개 복숭아 등등 심지어 사람도 좀 행실이 나쁘면 '개자식' 한다.

딸아이가 몇 달 전에 개를 집에 키우게 되었다고 이야기하면서 나에게 은근히 양해를 구했다. 사위가 근무하는 회사에 종자가 좋은 개가 새끼를 낳았는데 한 마리 가져왔다. 아이들이 좋아라고 소리치며 개 사랑에 푹 빠져버렸다. 조금 키우다가 어디로 보낸다더니 허사가 되었다. 딸아이가 나에게 개를 키운다고 귀띔한 것은 내가 별로 좋아하지 않기 때문에 사전에 통보한 것이다.

사실은 나는 개를 좋아한다. 내가 어릴 때 우리 집에는 늘 개가 있었다. 특히 중학교 다닐 때 키웠던 셰퍼드 보스Boss는 세월이 흘러가도 잊지 않고 있다. 하지만 거실에 함께 거주하는 것은 싫어한다.

개를 사람처럼 건사하려면 여간 신경 쓰이는 일이 아니다. 예방주사도 맞혀야 되고 목욕도 시키고 털도 일정한 기간이 되면 깎아주어야 한다. 개털 깎기가 사람 이발비보다 더 비싸게 든다. 섣불리 개를 실내에서 키우다가는 병균이 사람에게 옮길 수도 있다. 외출 시에도 개를 데리고 갈 수 있는지 먼저 생각해봐야 한다.

나는 이러저러한 이유로 개를 방안에 키우는 것을 좋게 생각하지 않는다. 지난여름에 딸아이가 사위의 여름휴가에 함께 어디로 가자고 하면서 숙소를 나에게 구하라고 한다. 전에는 자기들이 구해놓고 오라 하는데 왜 그런지 궁금했지만 내가 구했다. 숙소를 정했다고 연락을 하니 개를 데리고 들어갈 수 있는지 묻는다. 급히 예약된 숙소를 연락을 하니 공식적으로 애완동물의 반입을 금한다고 하면서, 아무 말하지 말고 조용히 데리고 왔다가 퇴실 때까지 이웃 사람들이 말이 없으면 괜찮다고 일러준다. 딸아이가 나에게 숙소를 구하라는 이유를 짐작했다.

저녁 무렵 사위와 딸이 외손자 녀석들과 왔다. 반려견도 데리고 왔는데 개 가방이 따로 있다. 가방에 개를 넣어서 머리만 밖으로 내밀고 둘러메고 왔다. 나에게는 신기하다. 개 가방에 간이용 개 집, 주 부식과 간식에 껌도 챙겨 왔다. 녀석이 눈치가 빠르다. 내가 별로 탐탁찮게 생각하는 줄 아는지 나에게는 눈빛을 주지 않는다. 내가 소리를 조금 높이니 한쪽에 가서 얌전히 앉아있다. 사위가 개를 데리고 갈 수 있는 숙소를 아무리 찾아도 없어서 나에게 부탁을 한 것이다. 개의 위상이 사람 못잖다는 생각이 불현듯 지나간다.

나는 딸에게 개권사 이야기를 전해주었다. 개를 너무도 좋아하는 권사가 어디를 가든 개를 안고 다니고 집에 가도 모든 것의 최우선을 개에게 두었다. 그러니 자연적으로 다른 일은 뒤로 미루어지거나 못 하게 되니 구설수口舌數에 올랐다.

대부분 교회에서 권사는 여자 신도에게는 최고의 직분이다. 여자 성도들이 어느 정도 나이가 들고 연륜이 쌓이면 권사를 해보려고 애를 써는 사람이 허다하다. 장로직은 대부분 교회가 남자에게만 허락되지만 여자에게도 허용한 교파도 있다. 장로와 권사가 봉사직이지만 명예를 누릴 수 있다. 그런 탓으로 장로나 권사 선거가 있으면 선거운동이 사회 일반 선거 못잖게 설치는 사람이 제법 있다. 그런데 갑자기 개권사로 호칭된다면 불명예스럽다.

어느 날 잠이 든 권사가 꿈속에 천사의 음성을 들었다. "아무개 권사 당신은 개 권사가 된 지 오래되었으니 앞으로 개권사로 부르겠네." 그는 깜짝 놀라서 천사의 옷소매를 잡고 자초지종을 물었다. 천사가 권사에게 "당신은 하나님을 섬기고 사람들에게 봉사하라고 권사를 시켜주었더니, 개만 사랑하고 개만 생각하니 오늘부터는 개권사로 부르니 그렇게 알아라." 하고는 천사가 휑하니 가버렸다. 권사는 깜짝 놀라서 잠에서 깨어 눈물을 흘리면서 하나님께 사죄의 기도를 드렸다. 날이 밝자 권사는 개를 처분해버렸다. 하나님의 책망을 받아들였다.

교회나 일반사회나 목적을 달성하고 나면 본질과는 다르게 행동하는 사람이 있기 마련이다. 되기 전에는 봉사직이라고 목청을 돋우다가 되고 나면 목에 힘이 들어가는 사람이 더러 있다. 하잘 것 없는 것에 마음을 빼앗기고 모든 것을 바치는 사람이 개 권사뿐이겠는가? 매사는 지나치면 부족한 것보다 못하다는 말이 생각난다. 나의 주변을 살펴보며 더 베풀고 더 사랑하며 더 봉사할 일을 곰곰이 생각해봐야겠다.

3

이심전심 면회장

# 어떻게 돌려줄까

길을 가다가 물건을 습득하게 되면 어떻게 할까 망설여지기 마련이다. 경찰서나 파출소에 갖다 줄까? 아니면 우체통에 넣어버릴까? 물건에 따라 생각이 달라진다. 견물생심見物生心이라는 말이 있다 만약 현금을 주웠다면 자기 호주머니에 넣어 버릴까 하는 생각도 해볼 수 있다.

몇 달 전에 아들 녀석이 지갑을 잃어버렸다고 투덜대면서, 주민등록증 운전면허증 각종 카드를 재발급받느라고 분산을 떠는 것을 보았다. 카드가 발급되어 배달되기 전에 경찰서에서 전화가 왔다. 지갑을 보관하고 있으니 찾아가라는 것이었다. 또다시 재발급을 취소하느라 소동을 벌였다.

얼마 전에 서울지역 아파트 쓰레기장에서 1억 정도의 수표를 주워서 신고한 일이 며칠 동안 보도되었다. 주인은 새로 산 아파트 수리비로 보관해 둔 것을 가정부가 모르고 버린 해프닝으로 끝났다. 고액 수표니까 그렇게 시끄럽게 보도되고 북새통이 터졌지, 만약 그렇게 많지 않은 현금이었다면 어떻게 되었을까?

수년 전에 내가 아는 사람이 지하철에서 지갑을 하나 습득했다. 지갑 안에는 상당한 현금과 카드 등이 있었다. 지인知人은 집에 도착하여 지갑 주인에게 전화를 하였다. 지갑 주인은 급히 지인의 집으로 와서 지갑을 찾아가면서 정말 감사하다는 말을 하고 돌아갔다.

그런데 며칠 후에 경찰서에서 호출 명령을 받았다. 무슨 일인가 하여 가보니 지갑 주인이 본래 들어있었던 돈의 액수가 다르다는 것이다. 어안이 벙벙했다. 몇 번을 경찰서에 오가면서 겨우 의심을 면했다고 하였다.

어떤 사람이 공중전화기 부스에서 손가방을 습득한 일이 있었다. 친절하게 주워서 파출소에 갖다 주었는데 가방 주인이 가방 안에 분실물이 있다고, 신고한 사람이 파출소에 여러 번 불려 간 사실이 있다는 이야기도 들었다. 좋은 일을 한다고 하였지만 구설수에 오를 수 있다.

나는 며칠 전에 아침 산책을 가다가 지갑을 하나 주웠다. 지갑을 열어보니 약간의 현금과 카드가 여러 장 들어있었다. 안에 있는 신분증의 주소를 보니 우리 집에서 그렇게 멀지 않은 아파트였다.

아침에 일어나서 지갑을 분실한 사실을 알게 되면 얼마나 불안하고, 신분증과 각종 카드를 분실 신고하고 재발급 받으려면 상당한 절차와 시간이 걸린다. 거주지로 바로 갖다 주면 모든 문제가 쉽게 해결될 수 있다는 생각이 들었다.

하지만 위에 일어난 일들이 머릿속을 스치면서 그게 아니다라는 생각이 밀려왔다. 행여 시비에 휘말린다든지 지갑 안에 분실물이 있다고 엉뚱한 소리를 한다면 귀찮은 일이 아닐 수 없다. 파출소에 갖다 줄까 우체통에 넣을까 망설이다가 가장 쉬운 방법을 택했다. 우체통에 넣었다.

잃어버리고 불안해하면서 뒷정리를 하느라 분산을 떠는 것도 힘들지만 습득하여 돌려주는 것도 쉬운 일이 아니다. 어떤 나라는 분실물을 신고하지 않고 그 자리에 가만히 두면 주인이 와서 찾아간다는데 길거리에 떨어진 것은 그 자리에 두기는 어렵지 않을까?

내가 돌려준 방법은 가장 좋은 방법은 못 된다. 행여 생길지도 모를 구설수를 감수하고라도 직접 돌려주었다면 하는 아쉬움이 있다. 멀지 않은 곳에 분실자의 주소가 있었는데 찾아가서 확인하고 주인에게 전해 주었다면 훨씬 더 좋지 않았을까 하는 미련이 남아있다. 세상은 모든 것이 내 마음 같지 않을 수도 있으니, 차선을 택한 것이다. 분실자가 현금을 비롯한 모든 것이 온전히 돌아왔다고 감사한 마음을 가지기를 소망해 본다.

# 의술醫術과 인술仁術

자식이 공부를 잘하면 의사를 시키려고 안달인 부모가 한둘이 아니다. 문과에 뛰어나면 판검사를 권하고 이과에 성적이 좋으면 의대로 진학을 종용한다. 자녀의 적성이나 취미는 차후 문제다. 우리나라 학교의 현실이라고 보아도 과언이 아닐 것이다.

의대를 보내려는 의도가 훌륭한 의사가 되어 인술을 베풀기를 바라기보다는, 우선은 돈 잘 벌고 대접받는다는 단순한 이유가 먼저인 경우가 허다하다. 집안에 의사가 한 명 있으면 누리는 혜택이 상당하다. 그러니 너나없이 의사가 되려고 용을 쓴다.

의사가 되는 과정도 쉬운 것은 아니다. 의대를 졸업하고도 인턴, 레지던트 과정을 거쳐 전문의가 되기까지는 쉽지 않은 노력이 필요하다. 상당한 수학修學 기간에, 어려운 과정을 거쳤으니 응당

한 대우를 요구하는 것이 어쩌면 당연할 수도 있다.

얼마 전, 모 의대 교수가 자기의 제자들에게 돈벌이가 목적이면 의사가 되지 말라고 훈화를 하여 화제가 되었던 적이 있다. 정말 좋은 말이지만 그렇게 할 사람이 과연 몇 명이 될까.

아프리카 랑바레네Lambarene에서 백인이 흑인에게 진 빚을 갚는다면서 일생을 바친 앨버트 슈바이처 박사는 의사라기보다는 인술을 베푼 선교사였다. 그는 음악가요 신학자이며 의사였다. 유럽의 유수한 대학에서 교수로 초빙하였으나 거절하고 오직 흑인들의 친구가 되었다. 그에게 노벨평화상을 비롯한 여러 가지 상이 수여되었지만 그는 늘 겸손했다. 노벨평화상금은 나환자를 위한 병원을 지었다. 그는 진정한 의사였으며 돈과는 거리가 멀었다.

내가 울릉도에 근무할 때 한국의 슈바이처라는 분이 계셨다. 그는 랑바레네에 가서 슈바이처 박사 밑에서 근무하였던 사람이다. 그는 귀국하여 낙도인 울릉도에 입도하여 인술을 펼친다고 대서특필되었고 소문이 자자했다. 그런데 소문과는 다르다고 현지인들은 말했다.

목사이며 의사인 그는 현지인들로부터 존경받지 못했다. 그는 알게 모르게 목이 좋은 요소에 투자하여 어느 날 부동산 부자가 되어있었고 주민들과는 거리가 멀어졌다. 누구도 그를 목사라 부르지 않았고 L씨라고 하였다. 나는 너무도 실망하여 먼발치에서 그를 몇 번 보았을 뿐이다.

그가 슈바이처 박사에게서 받아온 유물도 그의 지하창고에서 볼 수 있지만 감동이 없었다. 그가 추진하던 울릉도 병원도 주민들의 반발로 무산되었고 결국 울릉도를 떠나고 말았다. 그는 슈바이처를 내세워 울릉도에 투기한 꼴이 되어버렸다. 돈은 좀 벌었겠지만 성공한 삶은 되지 못했다.

반면에 수단에 가서 목숨을 바친 "울지 마 톤즈"의 주인공 이태석 신부 이야기는 종교에 관계없이 세계인의 심금을 울렸다. 그는 의사로서 돈 잘 벌고 편하게 살 수 있는 길을 팽개치고 신부가 되어, "한 알의 씨앗이 땅에 떨어져 썩어 많은 열매를 맺듯" 자신의 모든 것을 내려놓고 아프리카 수단으로 가서 병마에 시달리고 헐벗은 이웃의 의사가 되어주고, 친구가 되어주었다.

설립 80주년을 맞은 백병원 백낙환 이사장은 인터뷰를 통해서 "의사는 돈 벌려 해선 안 돼."라고 고언苦言을 했다. 그는 병원을 세우면서 돈을 벌겠다고 생각한 적이 한 번도 없으며 병원은 병을 고쳐주는 곳이며 사회에 봉사하는 곳이라고 정의했다. 그의 올곧은 생각이 오늘날 백병원을 전국 명성을 얻는 병원으로 만들었다.

요즘 젊은 의사들 중에는 힘들고 어려운 과는 피하고 돈 잘 버는 과로 모이며, 의료분쟁이 적은 과로 지망한다니 의료계의 앞날도 염려스럽다. 하기야 우선은 돈을 많이 벌고 싶은 게 인지상정이 아니겠는가. 하지만 그러고 나서도 계속 돈만 추구한다면 진정한 인술은 어렵지 않겠는가.

어린 시절에 나의 친척 중에 중풍에 명의라고 소문난 분이 계셨다. 자주 그분의 한약방에 드나들면서 이야기를 나누게 되었다. 하루는 내가 물었다. "의술을 누구에게서 전수받았느냐?"고. 그분은 자신의 외할아버지로부터 중풍에 관한 의술을 배웠으며 외할

아버지의 당부를 지키고 있다고 말씀하셨다. 그의 외할아버지는 의술을 전수해주면서 약값을 무리하게 받지 않도록 유언하였다. 의사의 자식 중에 잘된 사람이 드문 것은 남의 피를 빨아먹고 살기 때문이라고 일러주었다는 것이다. 더구나 위급한 환자에게 많은 돈을 요구하는 것은 강도보다 나쁘다고 유언하셨다고 나에게 전해주었다. 나는 이야기를 듣다가 깜짝 놀랐다. 그가 약값을 비싸게 받지 않은 이유를 그때 알았다. 나의 머릿속에 세월이 흘러도 그분의 이야기가 맴돌고 있다.

사전辭典에, 의술은 병을 고치는 기술이라고 적혀있으며, 인술仁術은 어진 덕을 베푸는 법 즉 사람을 살리는 어진 기술이라고 기록되어있다. 둘 다 병을 고치는 기술임에는 다름이 없다. 하지만 결과는 엄청나게 다르다. 의술에 머무는 자가 돈을 가까이하는 사람이라면, 인술을 베푸는 의사는 하늘의 별과 같고 어둠을 비추는 등불과 같이 존경받는 존재이다.

우리는 공부해서 남 주는 시대에 살고 있다. 어렵게 공부해서 의사가 되었다면 의술에 머물지 말고 인술을 베푸는 한 단계 높은 슈바이처나 이태석 신부 같은 사람이 되어주기를 기대해 본다. 병들고 헐벗은 이웃을 위해 기꺼이 한 몸 썩을 준비가 된 한 알의 밀알이 기다려진다.

# 이심전심以心傳心 면회장

남자가 군대에 가서 훈련소 생활을 마치고 부대로 배치되기 전에 가족들이 면회를 오면 마치 몇 년 만에 처음 만난 듯이 반가워한다. 심지어는 엄마들 중에는 어쩔 줄을 모르고 아들을 안고 눈물을 흘리기도 한다. 모처럼 보는 군인이 된 아들이 대견하기도 하고 반갑기도 하기 때문이리라.

교도소에 수감되어있는 죄수가 가족을 만날 때도 희비가 교차한다. 수감자와 가족은 창살을 사이에 두고 몇 마디 이야기를 나누고 헤어져야 한다. 어떠한 죄목으로 감옥에 있더라도 가족의 마음은 애타기 마련이다.

남북 이산가족이 만나는 것을 상봉相逢이라고 한다. 엄격히 말하면 일종의 면회이다. 출입이 제한된 곳에 있는 사람을 얼굴을 보는 것이다. 수십 년간 그리워하던 가족을 잠시 보고 헤어지는 안타까움이 비극으로 남아있다. 세계 유일의 분단국가이며 같은 민족이 총부리를 겨누고 있으니 통탄할 일이다. 이산가족은 잠시 만나고 헤어지면 다시 만날 기약이 없다.

소록도小鹿島는 '작은 사슴'이라는 의미를 가진 아름다운 곳이지만 한 맺힌 섬이다. 한센병 환자들의 통곡이 묻힌 곳이다. 국립소록도병원은 1916년 설립된 소록도 자혜의원에서 시작되는데, 이 병원은 당시 조선 내의 유일한 한센병 전문 의원이었다. 조선 내의 한센병 환자들을 강제로 이주시켜서 일반인과 격리 수용한 곳이다.

내가 어릴 때 한센병 환자들이 거지처럼 떼를 지어 마을에 다니면서 동냥을 하고 큰 다리 밑에 생활하는 모습이 지금도 생생하게 기억난다. 그때는 한센병 환자라 하지 않았다. '문둥이'라고 사람들이 몹시 싫어하며 피했다. 소문에 아이들을 잡아먹는다고 겁을 주었다. 그 후에 국가에서 시설을 여러 곳에 만들어서 수용하고 치료하고 쉽게 전염되는 병이 아니며, 음성 환자는 접촉해도 괜찮다는 의학 상식이 그 당시는 빈약했다.

내가 근무하는 지역에 한센병 환자들이 강 건너 산 아래 집단 생활을 하고 있었다. 그곳의 아이들이 학교에 다니고 있었지만 전혀 알지 못했다.

어느 날 그곳을 방문해서 위문하게 되었다. 내가 책임자로 가게 되었다. 한편으로는 궁금하기도 하고 한편으로는 약간 불안하기도 하였다. 예상외로 함께 가기로 원하는 사람들이 많아졌다. 아마 호기심으로 동행하려는 것 같았다. 현장에 도착하니 환자들이 모두 나와서 우리들을 환영했다. 나는 그곳의 책임자를 만나서 악수를 나누었다. 음성 환자지만 손의 감각이 **뻣뻣함**을 느꼈다.

학생들도 몇 명 나와 있었는데 내가 근무하는 학교의 아이들이 보였다. 아이들은 무척 부끄러운 듯이 시선을 피했다. 위문품을 전달하고 되돌아오면서 아이들을 생각하니 마음이 불편했다. 같이 간 일행 중에 여성 한 분이 자기도 그곳을 업무 차 방문한 적이 있었다. 하지만 주는 음료수를 먹지 못했고 차비하라는 지폐를 한 장 받았다. 강에 도착하여 지폐를 씻어서 차를 타고 얼른 차비로 주었다고 했다. 그 당시에는 한센병에 대한 정보가 약했다. 40년의 오랜 세월이 지났는데도 뇌리에 남아있다.

소록도에 들어가면 주거 이전의 자유가 없어지고 감금 상태와 같은 생활을 기약 없이 하였다. 아이가 출생하면 부모의 의사와 상관없이 다른 곳으로 보내어져 키웠다. 가족이나 자식이 보고 싶어도 마음대로 볼 수 없었다.

모래사장이 있는 언덕배기에서 한센마을을 향하는 빼곡한 소나무 숲길을 '수탄장愁嘆場'이라 하는데 숲길이 '탄식의 장소'여서 붙여진 이름이다. 한센마을은 결코 넓지 않은 그 길에선 부모와 자식, 혈육들이 한 달에 한 번꼴로 양편 갓길에 늘어서서 소리 없는 통한의 이심전심以心傳心 면회를 해야 했던 길목이었다. 공기로 전염될까 봐 소리칠 수도, 한숨도 크게 쉴 수 없는, 폭 2m쯤의 신작로가 건널 수 없는 강이 되었던 수탄장愁嘆場은 한센병자와 혈육들의 면회 장소였다.

내가 재직 시에 연수를 갔을 때 한센병 연구로 세계적 명성을 가진 Y교수가 자료를 보여주었다. 한센병이 더 이상 인류를 괴롭히는 병이 아니라고 말했다. 그는 한센병을 다람쥐를 이용하여 연구를 깊이 하였고 치료약 개발에 앞장섰다. 노벨의학상 후보까지 올랐지만 자기보다 조금 빨리 연구한 의학자가 있어서 탈락되었다고 전해주었다.

요즘은 한센병이 대단한 병이라고 말하지 않으며 소록도에도 완치되어 귀가한 사람이 상당수이며 지금까지 남아있는 사람은 그렇게 숫자가 많지 않다.

1960년대 한센병이 '문둥이'라고 격리 수용하고 일반인들과 멀리 떨어져 있을 때 멀리 오스트리아에서 꽃다운 아가씨 수녀 두 명이 소록도를 찾아왔다. 오스트리아 가톨릭교회 시녀회의 두 수녀 마리안느 스퇴거Marianne Stoeger와 마가렛 피사렉Margareth Pissarek이었다. 두 수녀는 마스크와 장갑 낀 전문의들도 꺼린 환자들을 맨손으로 환부를 치료하며 따뜻한 맘과 미소로 어루만져주었다. 일생을 한센병 환자들을 위해서 희생 봉사하겠다고 왔다.

보통 사람이 생각하면 정신 나간 사람의 짓이다. 어쩌면 조금 있다가 갈 테지, 처녀의 몸으로 가당찮은 일인가 생각되기도 했을 것이다. 하지만 그들은 40년이 넘도록 일생을 바쳐서 그들을 돌보았다.

또한 매년 조국을 방문해 모금활동을 펴서 의약품을 구했고, 폐결핵센터와 정신병동을 세우며 한센병자 아닌 아이들을 위한 기숙사까지 건립했다.

두 수녀가 제일 기뻤던 일은 환자 부부한테 태어난 어린애가 무탈하게 잘 자라고, 환자가 완치되어 섬을 떠나 가족을 만났을 때라 했다. 자주 오스트리아에 드나들면서 필요한 약과 의료도구를 가져와서 한센병에 대한 오해도 풀어주었다.

환자들은 그들을 하늘에서 온 천사라고 했다. 우리나라 사람도 아닌 그들이 보여준 희생과 봉사는 한센병 환자들에게 어머니요 천사였다.

나이가 일흔이 넘자 그들은 본국으로 돌아갈 생각을 하였다. 행여 이곳의 사람들에게 짐이 될까 염려하여 어느 날 홀연히 사라져버렸다. 떠나고 난 뒤에 두고 간 편지가 공개되어 한센병 환자들이 대성통곡大聲痛哭을 하였다.

20대의 꽃다운 나이에 고국을 떠나 43년간 소록도에서 한센병 환자들을 보살핀 헌신은 우리가 어찌 가늠이나 할 수 있으랴! 그 두 수녀가 2005년 11월 23일, 돌연 편지 한 통을 집집마다 남긴 채 떠나버린다. 늙고 병든 몸으로 더 이상 봉사할 수 없는, 더는 한센마을에 부담이 될까 봐 귀국한 거였다.

그들이 떠나고 난 방의 벽에는 무無라는 글자가 적혀있었는데 비움과 받아들임을 통해서 사랑을 실천하고, 희망은 드러나야 하고, 희망은 느낄 수 있어야 하고, 우리 모두는 희망을 살아야 한다는 그들의 소망이 남아있다.

그들의 천사 같은 선행이 일반인에게 알려진 것은 그보다 훨씬 뒤였다. 악행惡行은 소문이 빠르지만 선행善行은 파급이 느리다.

근래에 한국과 오스트리아에서 두 사람에게 노벨평화상을 수

상하도록 추진한다니 그나마 좋은 일이다. 아마 그들은 상을 바라지 않을 것이다. 하지만 꼭 받았으면 좋겠다. 지금도 수탄장 거리에는 이심전심으로 면회했던 통곡의 소리가 아직도 메아리처럼 남아있으며 두 수녀의 천사 같은 아름다움도 그곳에 남아 있다.

# 자격증

"축하합니다. 합격하셨습니다." 컴퓨터에서 멘트가 나왔다. 가슴이 설렌다. 내가 합격이라니. 현직에서 정년퇴임을 하였으니 시험을 칠 일도 연수를 받을 일도 없다.

그런데 텃밭 일을 하다 보니 농사에 대한 지식이 필요하다. 집에서 가까운 농업기술센터에 드나들면서 귀농·귀촌 연수를 받게되었다. 국비로 연수를 받게 되니 감지덕지感之德之다. 텃밭 부근에 귀촌을 하리라 작정하고 있으니 사전 지식이 필요하다. 연수를 받아보니 농촌과 농업에 대해서 몰랐던 일들을 제법 알게 되었다. 농업도 현대화되어서 새로운 지식이 필요하고 옛날 방식으로 농사를 지어서는 어렵다는 사실도 알게 되었다.

농촌인구가 급감하고 있다. 현재 우리나라 농촌에는 고령자가 많아서 과학 영농을 하기가 어렵다는 사실도 알게 되었다. 농업도 과학화와 현대화가 급속히 이루어지고 있다. 교육을 받아보니 도시 농업에 대한 관심이 생겼다. 도시농업은 도시에 거주하면서 농업을 하는 것이라 볼 수 있지만, 도시의 자투리땅이나 유휴지를 이용하여 텃밭 형태로 농사를 짓는 것을 포함해서 볼 수 있다. 규모가 크지 않으니 가급적 무농약 유기농 재배를 권장한다.

도시농업에 대한 연수를 받아보니 유기농 기능사 자격증을 취득하자는 이야기가 오가며 시험에 대해서 알아보고 공지를 한다. 망설여진다. 자격을 따서 딱히 할 일도 없으며 지금 시험을 친다는 것이 쉬운 일이 아니다. 객관식이라 그렇게 어렵지 않으며 운전면허 시험과 비슷하다고 자꾸만 부추긴다. 친구 따라 거름 지고 장에 가는 꼴이다. 같이 연수받는 사람들이 함께 시험에 응시하자고 응원을 한다.

무더운 여름 7월에 기능사 필기시험이 있고 곧 실기시험이 있다. 응시하기로 마음을 정하기까지 여러 날이 걸리고 시험에 응시하고 수험표를 교부받고 하니 시험일이 불과 일주일 정도 남았다. 책을 구해서 공부해보니 옛날과는 판이하게 다르다. 쉽게 기억되지 않는다. 여러 번 봐야 되는데 시간이 촉박하다.

찌는 듯한 무더위 속에 시험장에 도착하니 응시생들이 생각보다 많다. 취업이 어려우니 스펙을 쌓으려는 사람들이 많이 온 것 같다. 100점 만점에 60점이 넘어야 합격이 된다. 문제를 훑어보니 쉽지 않다. 60점 따기가 만만치 않다.

신중히 시험문제를 고심했다. 컴퓨터로 바로 시험을 치니 시험지가 따로 없다. 답안을 제출하니 바로 점수가 나온다. 정말 빠르고 편리한 세상이다. "합격을 축하합니다." 멘트가 나왔다. 날씨가 더운데 청량제 한 병을 마신 것 같다. 갑자기 기분이 좋아진다. 나에게 가당찮은 어려운 시험에 합격한 것 같아 아내에게 '합격'이라고 문자를 보냈다. 금방 '축하'라고 답이 왔다.

실기 시험이 더욱 망설여진다. 딱히 자격증을 따서 할 일도 없으며 필기보다 실기가 나에게는 더 어렵다. 학원엘 가서 공부를 좀 하든지 연수를 받아야 될 것 같다. 차일피일此日彼日하다가 실기 시험도 쳐보기로 원서를 접수했다. 좀 일찍 접수했다면 가까운 곳에서 시험을 칠 수 있었을 텐데 늦어져서 부산으로 가게 되었다. 부산의 지리를 잘 몰라서 부산에 살고 있는 아우에게 물어보았다.

시험 당일 조금 일찍 시험장에 도착했다. 위치를 파악하고 대기실에서 기다렸다. 조금 불안했다. 시험에 떨어지면 창피하기도 하고 자존심이 상하기도 한다. 시험장에 들어가니 휴대폰은 꺼서 보관함에 넣으라 한다. 행여 부정행위를 사전에 예방하기 위해서일 거다.

실기 시험문제는 생각보다 간단하고 쉬워 보였다. 측정하여 결과를 내는 것이며 실물을 보고 이름을 적는 것이다. 나는 실물을 처음 보았다. 연수를 받거나 사전 교육을 접했다면 어렵지 않았을 텐데 그런 과정이 없으니 신중했다. 시험을 마치고 나오니 어쩐지 홀가분했다.

실기는 그 자리에서 합격 여부를 발표하지 않았다. 2주 후에 결과를 인터넷으로 확인하도록 되어있다. 2주가 지루했다. 필기와 실기에 합격해야 자격증이 나온다. 서류상 명실상부하게 자격자로 인정이 되는 것이다. 명실상부한 국가고시다. 운전면허 시험을 응시한 후 국가고시를 처음 접했다. 내가 운전면허 시험을 칠 무렵은 80년대 초이니 시험장이 많지 않았다. 그 당시는 필기시험이 구조학과 교통법규가 반반으로 되어있었고 70점이 커트라인이었다. 나같이 직장생활을 하는 사람들은 기회가 오면 출퇴근 차를 몰아보리라 생각했기 때문에 생계가 걸린 것은 아니었다. 하지만 운전을 해서 생계를 해결하는 사람들에게는 절실한 시험이었다.

오전에 시험을 치고 오후에 발표가 있었다. 발표장에 들어서니 야단법석이다. 심지어 만세를 부르는 사람이 있었다. 그는 조수 생활을 10년 넘게 해서 운전면허를 따야 독립을 할 수 있는데, 번번이 필기시험에 떨어졌는데 열한 번 만에 합격해서 만세를 부른다고 했다. 실기는 눈감고도 자신이 있다고 했다.

일반인들은 대부분 실기가 어렵다. 필기와 실기에 합격해서 운전면허를 발급받아도 도로연수를 해봐야 차를 도로에 몰고 갈 수가 있다. 과정이 간단치 않다. 운전면허를 어떤 이는 살인 면허(?)라 부르기도 한다. 운전대를 잡으면 정말 조심해야 된다는 경고이다.

나에게 가장 힘든 국가고시는 대학 입학 자격 국가고시였다. 지금은 수능고사로 당락이 없이 점수로 자기가 알아서 맞는 대학에 지원하지만 그때는 커트라인을 두고 일정한 점수가 미달하면 아예 대학에 지원을 할 수 없었다. 이제 더 이상 국가고시를 칠 일이 거의 없을 것 같다.

지루하던 2주가 지나고 발표를 보았다. 천만다행으로 실기고사도 합격했다. 시험 준비를 짧게 하고 합격했으니 운이 좋았다. 이틀 후에 산업인력공단에 방문하여 기능사 자격증을 교부받았다. 어떤 시험에 합격된 것보다 기분이 좋았다.

합격증을 거실 탁자 위에 두었다. 식구들이 보고 박수를 보내주었다. 국가고시뿐만이 아니고 시험은 이제 가급적 응시하지 않으려 한다. 받는 스트레스와 준비하는 하는 과정이 만만치 않다. 시험에 응시하는 수험생들에게 광명이 있기를 기원해본다.

# 젊어 보이기

 

나이 어릴 때는 나이 들게 보이려고 애를 쓰다가 나이가 들면 젊어 보이려고 기를 쓴다. 한 살이라도 젊게 보이면 괜히 기분이 좋아진다. 모처럼 만난 사람이 전번보다 훨씬 젊어 보입니다. "무슨 좋은 약이라도 드시는지요?" 하면 어깨가 으쓱해진다.

젊어 보이려고 늙지 않으려고 기를 쓰고 아무리 노력해도 나이에 이긴 사람은 동서고금을 통해서 없다. 중국의 진시황도 불로초를 구하려고 신하들을 동방으로 여러 명 보내봤지만 성공하지 못했다. 세월이 가면 늙어지고 허리에 힘이 없어지고 눈이 침침해지기 마련이다. 그래도 젊어지고 싶어 한다.

젊어 보이려고 머리에 염색을 하는 사람이 부지기수다. 머리카락이 허옇게 보이는 것보다는 까맣게 보이면 한결 젊어 보인다. 염색도 여러 가지 종류가 있다. 심지어 빨간색으로 염색해서 다니기도 하고 젊은이들 중에는 하얗게 염색을 하기도 한다. 탈모가 시작되면 대부분의 사람들은 걱정한다. 어떻게 막아볼까? 쉽지 않다.

약을 써보기도 하고 치료를 받아보기도 하지만 여의치 않으면 가발을 하는 사람도 더러 있다. 머리의 변화를 감추기 위해서 늘 모자를 쓰고 다니는 사람들도 있다. 한결 젊어 보이기 위해서다. 뜨거운 여름과 추운 겨울에는 온도 조절에도 훨씬 좋다.

나는 딸아이가 결혼할 때 머리 염색을 하라는 간청懇請을 거절하지 못해서 근 10년이 넘게 염색을 하고 있다. 가끔은 귀찮은 일이지만 안 하기도 어렵다. 얼마 전에 이제 염색을 하지 않겠다고 아내에게 귀띔을 했더니 몇 년 더 하라고 부탁을 한다. 염색을 아내가 해준다고 달랜다. 가렵지 않은 좋은 약을 구해서 해주기로 약속되었다. 할 수 없이 조금 더 해야 된다.

머리 탈모는 남자보다 여자에게는 더 걱정거리다. 남자는 대머리라도 그대로 다니는 사람이 허다하다. 하지만 여자는 대머리로 다니는 사람이 거의 없다. 가발을 하거나 탈모 현상을 감추는 사람이 대부분이다.

내가 근무할 때 젊은 여선생이 머리에 탈모가 심했다. 그는 솔직히 죽고 싶은 마음이 들 때가 있었다고 했다. 받는 스트레스가 무척 심했다. 처음은 조금 방심하다가 약을 구해서 처방을 해봤지만 백약이 무효였다. 할 수 없이 가발을 하고 다녔다. 가발도 보통 귀찮은 일이 아니라고 했다. 가발의 손질도 부지런해야 단정하게 할 수 있다.

여성들 중에는 예쁘고 젊어 보이려고 눈에 쌍꺼풀 수술을 하는 사람들이 제법이다. 성공해서 예쁘고 젊어 보이기도 하지만 실패하면 낭패를 당할 수도 있다. 눈 모양이 이상하게 보여서 속앓이를 하는 사람도 있다. 얼굴 주름과 목주름을 펴는 사람도 있다. 가슴을 키우기도 하고 작게 하기도 하며 허벅지나 종아리도 예뻐 보이고 젊게 보이려고 성형하는 사람도 있다. 성형외과가 성업 중인 것은 단지 젊어 보이기 위해서 병원을 찾는 것이 아니다. 예뻐지고 싶은 욕망도 숨길 수 없다. 어쩌면 예뻐 보이는 것이 젊어 보이는 것일지도 모른다.

나이 든 사람들 중에 옷의 색깔을 알록달록하게 하여 젊게 보이려고 하는 사람들도 다소 있다. 등산복이나 간단한 외출복은 가능하겠지만 상시로 입고 다니기는 좀 부담이 될 수도 있다. 외모로 젊게 보이고 예뻐 보이는 것은 다소 가능하지만 보이지 않는 것은 어렵다.

나이 들면 치아가 흔들거리거나 충치나 풍치로 고생하는 일이 생긴다. 요즘은 임플란트라는 좋은 방법이 있다. 잇몸만 튼튼하면 이를 심을 수 있다. 하지만 영구치는 아니다. 잇몸 뼈에 이상이 생기면 발치해야 된다. 이가 튼튼하지 않으면 건강생활을 하기가 어렵다. 치아가 튼튼하지 않으면 건강에 이상이 천천히 오게 된다. 음식을 잘 씹지 못하면 위장과 췌장에 부담이 가고 각종 질병이 올 수 있다.

젊게 보이기도 쉽지 않다. 근래 나이는 숫자에 불과하다고 이야기하는 사람도 있다. 천만의 말씀이다. 나이는 나이지 숫자가 아니다. 나잇값을 하는 것이 좋다. 나이보다 너무 젊어 보이려고 날뛰다가 봉변을 당할 수 있다. 외모보다 마음이 젊어지는 방법이나, 속사람이 젊어지려고 노력하는 것이 한결 바람직하지 않은가.

# 최후의 보루堡壘

임진란이 일어났을 때 최후의 보루는 이순신 장군이 가진 열세 척의 거북선이 전부였다. 누가 생각해도 일본의 수 백 척 군함을 이기리라 생각을 하지 못했다. 그러나 이순신 장군의 탁월한 전략으로 일본의 수 백 척 전함을 물리칠 수 있었다.

6·25전쟁이 발발했을 때 한 달이 안 되어 남한의 대부분에 붉은 깃발이 휘날리고 풍전등화風前燈火와 같을 때 최후의 보루로 낙동강 전선을 지켜야 한다고 판단되었다. 낙동강 전선이 무너지면 남한 전체는 적화통일을 목전에 두었다. 치열한 공방전이 전개되었지만 전선은 무너지지 않았다. 다부동에 있는 전쟁기념관에 들러보면 그 당시의 치열했던 전황戰況을 짐작해 볼 수 있다. 최후의 보루가 무너지면 전쟁은 지고 만다.

우리 사회의 최후의 보루가 허물어지면 사회는 병들고 낙후의 길로 가기 마련이다. 하지만 사회의 최후보루는 전선처럼 눈에 뜨이지 않는다. 그리고 급격히 병들고 허물어지지도 않는다. 아주 서서히 가랑비에 옷이 젖듯이 그렇게 침투되어 흙담이 무너지듯이 힘없이 어느 날 갑자기 무너진다.

유적지 폼페이의 화려했던 문화가 어느 날 갑자기 지상에서 사라져 버렸다. 그것도 화산에 묻혀서 그대로 잿더미가 되어버렸다. 향락과 환락에 빠져버린 도시가 신의 저주로 망해버렸다는 이야기가 전해오고 있다.

가만히 역사를 보면 정의롭지 못한 사회는 사람의 힘으로 감당하지 못하는 대홍수나 지진 등 천재지변天災地變으로 도시 전체가 사라져버리는 일을 가끔 보게 된다. 성서에 타락한 소돔과 고모라가 불의 심판으로 사라져버렸다. 도시에 미련을 두고 뒤돌아본 사람들도 모두 죽어버렸다.

어떤 사회가 타락하는 가장 큰 원인은 예나 지금이나 비슷하다. 황금만능주의가 사람 개개인도 타락시키지만 사회 전체를 병들게 한다. 향락과 쾌락 지상주의가 개인과 사회를 망치게 된다.

돈과 여자가 사람을 매수하는 수단으로 사용된 것이 지금과 별반 다를 바가 없다. 나라를 시끄럽게 하는 무슨 큰 문제가 생기면 돈으로 인한 사고가 대부분이다. 우리 사회가 건전하고 밝게 발전하려면 최후의 보루가 무너지지 않아야 한다.

우리 사회의 최후의 보루는 첫째는 성직자와 지성인이다. 성직자聖職者들이 빛과 소금의 역할을 감당하면 그 사회는 병들지 않는다. 우리는 종교에 관계없이 올바른 성직자들을 존경한다. 성직자의 허울만 쓰고 오히려 더 타락을 하거나 엉뚱한 행동을 한다면 사회는 불안하다.

세계 거대巨大 교회가 우리나라에 몇 개 있다. 그중에도 세계 최대 교회가 서울 도심에 있다. 신도 수십만에 일 년 예산이 거의 천문학적 숫자라고 알려져 있다. 대통령에 출마하는 사람들이 거의 빠짐없이 주일이 되면 문안問安 인사를 하러 가는 것이 보도된다. 수십만 신자가 유권자이니 외면할 수 없을 것이다.

그런데 수년 전에 그 교회의 목사와 아들이 교회 돈을 바르게 사용하지 않았다고 신도들의 고발과 고소로 법원의 판결에 유죄를 받고 아들은 지금 복역 중이고 아버지는 집행유예를 받았다. 내용은 자세히 모르지만 너무 애석하고 비탄悲嘆스러운 일이다. 이런 일은 일개인의 일로 끝나지 않는다. 그 파장이 크고 오래간다. 신자들의 실망은 말할 것도 없지만 비신자들도 허망하기는 마찬가지다.

오래된 기억이다. 어떤 사찰에 주지 스님이 새로 발령이 나자 기존 스님과 신도들이 자리를 비켜주지 못하겠다면서 도끼를 들고 방어하는 보도가 있었다. 그 절에 일년 시주가 수억이라는 소문이 퍼졌다. 돈 때문에 벌어지는 추한 모습들이 성직자들에게도 나타나면 우리 사회는 하나의 보루가 흔들리는 것이나 다를 바가 없다.

우리 사회의 지성인들은 우리의 희망이다. 영국의 철학자 러셀은 생전에 출퇴근 시간이 되면 교통경찰이 거수경례를 하면서 안내해주었고 모든 국민이 그를 존경하였다. 그는 반핵운동의 선구자였으며 전 세계인으로부터 존경받는 지성인이었다.

얼마 전에 모 대학 교수협의회 의장이 방송에 나와서 그는 지성인으로 모범이 되고 싶다고 하였다. 당연한 소망이다. 교수를 영어로 'Professor'라고 한다. 즉 전문가이다. 자기 전공분야에 최고의 전문가이며 전문지식을 학생들에게 전수해주며 존경받는 지성인이 되어야 한다.

학자이며 수필가이신 피천득 선생님은 어린 시절 몸이 허약하고 체구가 작았다. 어느 날 어머니가 자기에게 여자를 멀리하라는 교훈을 주었다. 그는 일생동안 어머니의 유훈遺訓을 저버리지 않았고 아흔이 넘게 학자로서 지성인으로 모범적인 생을 누렸다. 올바른 성직자와 지성인이 존경받고 사랑받는 사회가 바람직하다.

우리 사회의 또 하나의 보루는 공직자들이다. 공직자는 선공후사先公後私의 마음을 가져야 한다. 공적인 일을 먼저 생각하고 처리하고 다음으로 사적인 일을 생각해야 된다. 공무원을 영어로 일명 'Public Servant'라 한다. 즉 국민을 위한 하인이라는 말이다. 일반 공무원을 위시한 교직 공무원과 군인 공무원 등이 그 주류를 이룬다. 공직사회가 부정과 부패가 만연되면 그 나라는 조만간 망하게 될지 모른다. 공직자가 뇌물에 눈이 멀거나 일을 처리하는 데에 사리사욕私利私慾에 치우치면 그 사회는 불안해진다. 근래에 차관급 부장 검사 한 명이 뇌물 비리에 휘말려서 연일 보도가 시끄럽다. 처음은 아니라고 이래저래 둘러대더니 오늘 실토를 하고 체포되었다. 근래에 부장판사 한 명이 성매매를 하다가 적발되었다.

비참하고 암담한 일이다. 고위 공직자가 부패되면 국민들은 등을 기댈 곳이 없어진다.

국민들이 사랑하는 예체능 스타들의 일탈逸脫은 정신건강에 보루가 무너지는 것과 같다. 예체능 스타들은 국민들에게 위안을 주고 엔도르핀과 같은 존재다. 그들의 일거수일투족擧手 投足이 언론에 보도되고 국민들은 그들과 희로애락을 함께한다. 그런데 갑자기 스타가 되어 많은 돈이 생기면 어쩔 줄을 모르고, 허탕에 돈을 낭비하며 일탈된 행동을 하게 되면 국민들은 실망하고 외면한다. 세계적인 골프 스타 우즈는 한 사람이 시시한 기업보다도 더 큰 규모로 매출을 올리고, 먹여 살리는 사람 수가 웬만한 기업 못지않다고 하였다. 하지만 그는 성추문으로 하루아침에 매장되어 버렸다. 그 후 그는 골프 선수로 명성을 완전히 잃어버렸다. 그를 사랑하고 아끼던 팬들도 허탈해졌다.

지난해 우리나라도 프로 명문구단 야구 선수들이 도박에 연루되어 구단 자체도 명성을 잃어가고 선수들도 팬들로부터 외면당하고 있다. 거액의 돈을 자선에 기부하는 훌륭한 선수들도 있다. 미국 프로야구 선수 커스는 공을 잘 던지는 특급 선수지만 그는 기부 왕이다. 어려운 이웃을 위해 자기가 버는 돈을 아낌없이 기부한다.

국민들로부터 존경받는 성직자와 지성인, 국민들로부터 신뢰받는 공직자, 또한 국민들로부터 사랑받는 예체능 스타들이 많이 나오기를 진심으로 바란다. 우리 사회의 최후의 보루가 튼튼하여 모든 국민들이 존경과 사랑을 아낌없이 보낼 수 있기를 기대한다.

# 이 사람들에게만 나의 죽음을 알려라

어제 서울에 사는 친구 이 교수가 왔다. 고향에 오면 늘 나에게 연락하여 만나서 식사도 함께하고 이런저런 이야기를 한다. 이 교수는 나와 초등학교 동기이자 자랑스러운 친구이다. 우리나라 IT 산업 발전에 혁혁赫赫한 공을 세운 훌륭한 학자다. 미국 유학을 마치고 돌아와서 자신의 모교 S대학에서 후학 양성은 물론 전자산업 분야에 알게 모르게 크게 공헌하였다.

치과 병원을 경영하는 친구 오 원장도 함께했다. 역시 초등학교 동기이며 S대학 치과를 마치고 고향에서 병원을 개업했다. 우리 가족들의 치아는 오 원장이 돌봐준다.

이 교수는 가난한 가정에서 온갖 궂은일을 해가면서 미국 유학까지 마쳤다. 그렇게 고생을 많이 해서인지 허리가 아파서 거동이 불편하다고 한다. 어릴 때는 건강하고 씩씩했는데 나이 앞에는 어쩔 수가 없나 보다. 오 원장은 얼마 전에 심장에 이상이 생겨서 병원에 갔더니 의사가 농담 같은 어조로 말하더라고 한다.

"벌써 관에 들어가 있어야 할 사람이 이렇게 병원에 오다니."

"의사 선생님, 그 무슨 말씀이오?"

"심장의 혈관 하나가 막혔는데 그 옆에 혈관이 하나 더 생겨서 피가 돌고 있네요."

"이런 일은 내가 의사 수십 년 만에 처음 보는 일이오. 그 참 이상하네. 한번 정상으로 뚫어봅시다."

친구 오 원장은 막힌 혈관을 뚫는 데 성공하여, 일주 정도 입원 생활을 하였고 이제 정상 근무를 할 수 있게 되었다. 얼굴이 해쓱하다. 나는 웃으면서 "오 원장님, 장로님이라 기도를 많이 해서 하나님이 봐준 것 같은데." 하며 농을 쳤다.

나이 들면 찾아오는 것 중에 반갑잖은 것이 병이다. 피할 수가 없다. 성인병 중에 가장 무서운 것이 치매癡呆라 한다. 자신도 모르고 자식도 몰라보고 친구도 모른다. 말과 행동, 사람과 사물에 대한 완전한 상실증이 치매가 아닌가.

내가 재임할 때 일이다. 하루는 선생님 한 분이 교장실에 와서 눈물을 주르르 흘리면서 하소연을 했다. 나는 당황했다. 학교생활이 힘이 들어서 이러는가 아니면 무슨 변고變故라도 있는가 싶었다.

그 선생님은 자기 어머니가 치매가 있어 사람을 몰라보고 아들인 자신도 몰라본다는 사연을 털어놓았다. 어머니 방에 들어가면 "누군교? 우째 왔는교?"라고 모르는 사람을 대하듯 한다는 것이다.

"엄마 나요, 아들 나요." 해도 눈만 멀뚱멀뚱 쳐다본단다.

병원에 가도 호전될 기미가 없고, 오히려 마을에 다니며 며느리 흉을 얼마나 보는지……

"도둑년이 시어미를 굶겨서 곧 죽게 되었다."

"나쁜 년, 지가 그래가 복을 받나."

입에 담지 못할 욕을 했다.

며느리는 스트레스를 받아 병원 치료를 받아가면서, 결국 시어머니 간호를 위해서 직장을 그만두었다. 시어머니는 그렇게 3년쯤 애를 먹이다가 별세했고 그 후 며느리는 신경쇠약 증세에 지금도 시달리고 있다니 정말 무서운 병이다.


친구 셋이 모여 이야기꽃을 피우는 와중에 정말 아프지 말고 살다가 죽어야 하고, 아프더라도 치매엔 절대 걸리지 않도록 노력해야 한다는 다짐을 하면서, 수개월 전 S교회 K장로가 별세한 이야기를 전했다.

K장로는 가족들에게 자기가 죽고 난 후 석 달 동안 아무에게도 자신의 죽음을 알리지 말라는 유언을 남기고 죽음을 맞이했다. 목사인 아들과 사위가 아버지의 뜻을 존중하여 가족들만 모여서 간소하게 장례를 마쳤다.

주변 사람들은 K장로가 보이지 않으니 가족들에게 K장로의 안부를 물었지만 출타 중이라 둘러대고 사망 사실을 알리지 않았다. 석 달이 지난 후 가족들이 지인들에게 사실을 알려주면서 고인의 뜻이었다고 하였다. 친구들을 비롯한 많은 사람들이 깜짝 놀랐다.

친구들은 K장로가 대단한 사람이라고 입을 모았다. 관혼상제冠婚喪祭를 검소하게 하자고 말만 하고 실천하지 못하는 이가 대부분이다. 하지만 K장로는 모범을 보여주었다. 가족 이외는 아무에게도 알리지 않았지만 그의 죽음은 세인들의 가슴에 오래 남아있으리라.

사람들은 대부분 죽을 때 조용히 가고 싶어 한다. 그러나 그것이 뜻대로 되기는 쉽지 않다. 어떤 사람은 병마와 오랜 세월을 싸우다가 살림도 축내고 자식을 비롯한 주위의 사람들로부터 미움을 사다가 가는 사람도 있다.

살아있을 때에 아옹다옹하지, 죽을 때가 되면 만사가 허무하다. 인생 일장춘몽이라고 말하지 않았던가. 지나고 보면 간절하게 바라던 것이 별것도 아닌 것이 된다. 돈도 명예도 권세도 땅 밑으로 사라진다. 그래도 이 땅에 살고 있으면 이를 악물고 잡고 늘어지며 누리고 싶은 것이 범인凡人들의 생각이다.

얼마 전에 읽은 책에서 어떤 사람이 자기가 죽으면 부고를 알려야 할 명단 37명을 자식들에게 유언으로 두고 갔다는 내용을 보았다. 겨우 서른일곱 명이라고 생각되지만 적은 수가 아니다. 나의 죽음을 통보받고 명복을 빌어줄 사람이 과연 몇 명 되겠는가.

나와 이 교수, 그리고 오 원장은 서로 알리도록 약속을 하였다. 그렇다면 정말 몇 명에게 아니 누구누구에게 알려야 할까. 죽음이라는 깊은 상념想念에 젖어본다. 나의 죽음을 이 사람들에게만 알려라. 내가 적어 두어야 할 명단에는 누구의 이름을 적어야 할까?

# 어떻게 부를까

낯선 사람을 만나면 어떻게 부를까 고민될 때가 있다. 명함이라도 한 장 건네주면 호칭이 쉬울 수도 있지만 그렇지 않을 경우에는 망설여진다.

언제부터인지 정확히 알 수 없지만 장년 남자를 만나면 "사장님" 하고 부르기 일쑤다. 조금 어려우면 "선생님" 하고 부르기도 한다.

난 퇴임 후에 가장 거북한 호칭이 "사장님"이었다. "사장님" 하고 부를 때 대답을 하기가 민망스러웠다. 내가 무슨 사업을 하는 것도 아니고 거느리는 사원도 없는 주제에 사장님이라는 호칭을 받는 것이 내키지 않았다.

하지만 조금 시간이 흐르면서 "사장님"이라는 말이 굳이 무슨 사업을 하는 사람에게만 붙이는 것이 아니고 대부분 장년 남자들에게 통칭으로 쓰인다는 것을 알았다.

요즘 독립 사업가[I.B.O]가 불어났다. 혼자서 북치고 장구 치고 하는 독 사장님이 상당하다. 그러니 누구에게나 사장님이라고 하는 것이 꼭 틀린 것도 아니다.

어느 식당의 여주인은 자기 식당에 오는 모든 손님들을 "회장님"이라고 부른다는 것이다. 손님은 왕王이며 자기가 사장이고 손님은 자기보다 높기 때문에, 모두 회장님이라고 칭한다니 기발한 아이디어가 아닌가.

재임 때에 외국인들을 위한 한국어교육원에 들러본 적이 있다. 한국어 중 외국인들이 가장 어려워하는 말이 호칭과 존칭이라고 하였다. 영어는 대통령으로부터 거지에 이르기까지 유YOU면 2인칭으로 통한다. 우리말은 다르다. 생면부지 사람에게 "당신" 했다가는 망신살을 살 수 있다. 3인칭 당신은 존칭이지만 2인칭 당신은 존칭이 아니다.

요즘 이름 뒤에 선생님이라고 붙여 부르는 것을 흔히 볼 수 있다. 특히 예체능계에 선배님이 적합할 것 같은데도 선생님이라 부르는 것을 쉽게 볼 수 있다. 일반인들이 모르는 곳에서 배우고 가르치는 일이 이루어졌는지는 모를 일이다.

호칭의 인플레이 현상은 어제오늘의 일이 아니다. 작은 봉사단체나 모임에 가보면 회장 자리를 차지하려고 나서는 사람을 쉽게 볼 수 있다. 나이가 든 사람이라고 용을 쓰는 사람이 없는 게 아니다. 아마도 자기 이름 뒤에다가 장長 자를 붙이고 싶은 마음일 것이다. 그러나 정도가 지나치면 이름병에 걸릴 수 있다.

엄격히 말하면 선생님[Teacher]은 가르치는 사람에게 붙이는 것이 맞을 것이다. 하지만 이제는 선생님은 평범한 존칭어로 변해가고 있다.

한번은 친구가 경영하는 약국에 들렀다. 그 친구는 대형병원에서 약제과장을 지냈으니 자부심과 명성이 나름대로 있지만 처음 오는 사람들은 그런 것을 모른다. 중년 아주머니가 "아저씨 약 좀 주세요." 하자 친구가 화를 버럭 낸다. 나도 깜짝 놀라서 가만히 보고 있었다.

"아주머니 병원에 가서는 의사 선생님 하면서 여기서는 아저씨가 뭐예요?" 하면서 나무란다.

아주머니는 얼굴이 벌게지더니 "선생님 죄송합니다. 제가 급해서 그렇게 되었습니다." 하면서 사과를 하고 약을 지어서 나갔다.

나는 친구에게 손님에게 그렇게 화를 내느냐고 물었다. 박사 명패를 이렇게 두었는데도 저런다고 투덜거렸다. 친구는 대학에 강의도 나가고 나름대로 교수 소리를 듣는다.

요즘 교수도 흔해졌다. 겸임교수제도가 시행되면서 전에는 교수 소리 듣기가 하늘의 별 따기였다면, 지금은 땅에서 이삭줍기 정도라고 빈정거리기도 한다.

친척집에 한번 들렀더니 시간 강사도 교수냐고 묻는다. 왜 그러냐고 물어보니 자기 딸이 모 대학에 강의를 나가는데 집으로 걸려 오는 전화가 가관이란다.

"안녕하세요. K교수님 계세요. 좀 바꿔주세요." 한다는 것이다.

처음은 당황했으나 이제는 알게 되었다고. 강의를 맡으면 교수님이라고 호칭하는 것이 틀리지 않을 것이다.

중년 여자들의 호칭도 쉽지 않다. 거의 '사모님'이나 '여사님'으로 통칭하여 가고 있다. 얼마 전에 생활체육 무료 강습이 있어 가 보았다. 남자는 수가 적고 여자가 많았다. 남자들에게는 '사장님'이라 부르고 여자들에게는 '사모님'이라 불렀다. 가르치는 코치가 여자들에게 훨씬 신경을 많이 쓰는 것을 보니, 무료강습이 끝나면 자기들의 고객으로 확보하려는 의도가 엿보였다. 어떤 때는 '싸모님' 하면서 억양을 바꾸는 모습을 보고서 아양의 도가 지나치다는 생각이 들어 쓴웃음을 지었다.

초중등학교 행정실에 나이든 여성 기능직들이 더러 근무한다. 부르기가 쉽지 않다. 성姓씨 다음에 기능직님 하는 것이 맞을지 모르지만 기능직 남자들은 대부분 '주사님'이라 부르고, 여자들은 '여사님'이라 칭하는 일이 있으니 호칭에 인플레이 현상이 적지 않다. 주사는 지금 행정 직급으로 보면 6급이다. 여사는 상당한 사회적 위치에 있는 여성들에게 붙여주는 호칭이지만 이제는 흔하게 사용된다.

버젓한 명칭을 얻으려고 가짜 박사 학위를 금전 거래로 얻는 사람들이 없는 것이 아니다. 가끔 사회문제가 되어서 시끄럽다가 잠잠해지지만 어제오늘의 일이 아니다. 심지어 성직자들도 현혹되어 가짜 박사 학위를 얻었다가 망신을 사기도 한다. 승려는 스님으로 족하고 신부나 목사는 신실한 목자면 되지 꼭 이름 뒤에 박사를 붙여야 할 아무런 이유가 없다. 의사도 전문의면 최고가 아닌가.

그런데도 학교에는 가지 않고 이래저래 시간을 채우고 논문을 내고 요식행위를 거치는 앉은뱅이 박사라도 하나 붙여보려고 용을 쓰는 사람들을 보게 되면 아는 사람들은 쓴웃음을 짓는다.

영어로는 남자는 미스터Mr, 여자는 결혼하면 미시즈Mrs, 미혼이면 미스Miss, 여자 통칭으로 미즈Ms를 쓰기도 하니 참 간단하다. 대통령으로부터 거지에 이르기까지 유You면 통하니 쉬운 호칭이다.

어떻게 부를까? 호칭과 존칭이 망설여질 때마다 좋은 우리말이 생각난다. 성인 남자는 아저씨, 여자는 아주머니라는 순수 우리말이 있다. 굳이 이름 앞뒤에 토를 달지 말고 순수 우리말을 쓰면 얼마나 좋겠는가.

# 확인하기

　현대사회는 첨단기기가 발달하면서 확인할 일이 한두 가지가
아니다. 우선 아파트를 출입하려면 비밀번호를 두 개 정도는 확인
해야 가능하다. 같은 라인에 올라가는 번호와 자기 집 번호를 알
아야 들어갈 수가 있다. 차를 타고 가도 주차장에 들어가면 차번
호가 확인되어야 통과된다.

　현대사회는 확인의 시대라고 말할 수 있다. 확인이 되지 않으면
가능한 것이 거의 없다. 은행에 가도 비밀번호가 확인되어야 금융
거래가 성사된다. 해외여행을 가려면 지문이 확인되어야 공항을
통과할 수가 있다.

　자동차 운전면허시험에 응시하기 위해서 학과 공부를 얼마간
하였다. 이미 1종 보통 원동기 면허를 취득하였으므로 교통법규는

어느 정도 알고 있었다. 기계에 자신이 없으니 구조학이 문제였다. 열심히 들여다 봐도 어렵기만 했다. 시험을 칠 무렵 강사가 운전할 때 꼭 명심해야 할 사항을 이야기해주었다. '핸·브·크·확…'을 하라고 당부를 하였다. 즉 핸들의 조향을 점검하고 브레이크를 몇 번 밟아서 이상 유무를 확인하고, 클러치 페달이 잘 밟히는지 꼭 확인하고 좌우를 확인하고 출발하라고 일러주었다.

운전대를 잡을 때마다 '핸·브·크·확·출' 해본다. 그런데 운전을 하다 보니 반드시 확인해야 할 일이 하나 더 생겼다. 타이어의 공기압 상태를 확인해야 한다. 한번은 새벽 출근길에 자동차가 오른쪽으로 자꾸만 기울어져서 세워보니 오른쪽 앞 타이어가 펑크가 나 있었다. 다행이었다. 고속도에 진입했더라면 큰 사고를 당할 뻔했다. 그 후로 나는 '타·핸·브·크·확·출'을 하게 되었다.

퇴임을 하고 나니 가정 일을 등한시할 수 없게 되었다. 가사분담을 완전히 하지 않아도 어느 정도는 알아야 가족들이 모두 편하다. 근무할 때는 해주는 밥 먹고 휑하니 나다녀도 아무도 말하지 않았지만 퇴임하고 나면 남는 게 시간이고 집에 머무는 시간이 자연적으로 많아진다. 가족들이 외출하고 나면 때로는 밥을 챙겨먹기도 하고 집안일을 돌봐야 한다. 가사를 전혀 돌보지 않는 것이 상당히 대장부인 척하지만 시대가 달라졌다. 공자孔子도 시류時流를 따르라고 했다.

옛날에는 부엌과 사랑채는 제법 떨어져 있어 남자들이 접근하기가 어려웠다. 지금은 대부분 집이 거실과 식당이 붙어있다. 특히 아파트는 거의 같은 공간이다. 부엌에 가기 싫어도 자연적으로 가게 되고 가지 않으면 자신이 불편하다. 간단한 부엌일은 알아 두는 것이 좋을 수도 있다.

장손인 나는 어릴 때 할아버지께서 가끔 나를 불러서 "사내대 장부는 부엌에 들어가지 말고 어른이 되어도 아이를 업지 마라." 고 일러 주셨다. 가끔 엄마가 부엌에 불을 지필 때 부엌 바닥에 앉아보면 따스한 불길이 너무 좋았다. 할아버지가 안 계실 때 잠깐의 행복이었다.

지금은 젊은이들 중에는 부부가 가사를 철저히 분담해서 요일 별로 식사 당번을 정하기도 하고 빨래 당번도 정하고 아기 보는 시간도 정해서 제 몫을 해야 하는 좀 각박한 시대가 되었다.

부부가 맞벌이를 하는 가정은 가사를 서로 분담해야 한다. 내가 근무할 때에 처녀 총각 선생이 테니스를 함께 치다가 정이 들어 결혼을 하였다. 결혼을 하고 얼마 있다가 처녀 선생이 나에게 말했다.

"선생님 남녀 차이를 절실히 느꼈습니다."

"무슨 말씀이세요?"

결혼해서 첫날 시댁에 가서 아침에 눈을 뜨니 자기가 밥을 해야 되겠다는 생각이 들어 빨리 일어났다는 것이다. 남편 새신랑은 옆에 코를 골면서 자고 있는데 자기는 부엌으로 가면서 남녀의 차이를 절실히 느꼈다는 것. 시간이 흐르면 자연적으로 가사 분담이 되고 내조 외조가 잘 이루어져야 맞벌이 부부는 성공할 수가 있다.

퇴임할 무렵 아내에게 집에서 내가 무얼 해주면 좋으냐고 물어보았다. 아내는 첫마디에 설거지를 해주면 좋다고 답했다. 나는 객지 생활에 익숙해져서 입버릇처럼 "잔뼈가 객지에서 굵어졌다." 고 으스대며 말하곤 했다. 하숙 자취 기숙사 가정교사 친척집에 얹혀살기 군대 생활 직장생활 남들이 하는 객지 생활을 거의 답습 踏襲했다. 한두 명 몇 끼 정도 밥해 먹고 버티는 것은 이골이 났다. 가끔 가족들이 외출을 하고 아무도 없으면 옛날 생각을 하면서 반찬을 이것저것 넣고 잡탕찌개를 끓이면 객지 맛이 난다. 가족들이 먹어보고는 별미라고 좋아한다.

가족들이 모두 나가고 나면 나도 외출을 할 때가 있다. 몇 가지 확인을 해야 된다. "가 · 전 · 수 · 창"을 확인해야 된다. 가스밸브는 잠가졌는가, 전기 스위치는 모두 내려졌는가, 수도꼭지는 모두 잠가졌는가, 창문은 모두 닫혀지고 잠가졌는가. "가 · 전 · 수 · 창" 확인, 그러고는 외출을 한다.

현대사회에 적응해서 살려면 점점 확인할 일이 많아지고 철저해지리라 짐작해본다.

# 하늘의 물과 땅의 물

지난여름 덥기도 하지만 몹시 가물어서 농사짓기가 힘들었다. 지하수를 찾아서 여기저기 파도 물 한 방울 구하기가 쉽지 않았다. 근래는 수자원 확보도 옛날에 비하면 잘되어 있고 물에 대한 정보도 좋은 편이다. 일기예보도 상당히 정확하다. 비가 온다면 오고 태풍이 온다면 온다. 하지만 100퍼센트 정확도는 어렵다.

내가 어릴 때 우리 집에는 천수답天水畓이라는 논이 있었다. 말 그대로 하늘 물을 받아서 농사를 짓는 논이다. 모내기할 무렵에 비가 와주면 더할 나위 없이 고마웠다. 비록 모내기를 해두어도 가을걷이를 한다는 보장이 없었다. 모내기 후에 날이 가물면 논을 다시 갈아서 대체 작물을 심었다. 하늘만 바라보고 짓는 농사다. 지금은 지하수 확보와 수로 설치 등 농사가 훨씬 수월하지만 농촌에는 농사를 지을 사람이 귀하다.

나는 퇴임할 무렵 집에서 그렇게 멀지 않은 곳에 텃밭을 마련하였다. 퇴직 후 소일거리로 작은 텃밭을 해보리라 마음먹었다. 처음은 농사에 지식이 부족하여 시행착오를 했다. 고추를 100포기 넘게 심어서 붉은 고추를 말리는 방법을 몰라서 상당히 버렸다. 이듬해 작은 건조기가 있다는 사실도 알게 되었고 100포기는 양이 많았다. 적절하게 품종을 조정했다. 우리 가족들이 먹을 수 있는 간단한 작물들을 선택했다. 또한 병충해 예방도 쉬운 작물들을 심게 되었다.

고추 상치 쑥갓 호박 가지 오이 고구마 옥수수 등등 손이 많이 가지 않으며 농약을 거의 사용하지 않아도 되는 작물을 택했다. 일이 쉬워졌다. 생산량이 많으면 이웃들과 빨리 나누었다. 나누는 즐거움이 더해졌다. 텃밭은 처음에는 집을 지을 수 없었다. 몇 년이 지나니 집을 지을 수 있게 되었다. 어떤 사람들은 나에게 횡재했다고 부러워했다. 어떤 사람은 노골적으로 얼마에 구입했으며 지금은 얼마 정도 받을 수 있느냐고 묻기도 하였다.

수년 전에 외도外島를 개발한 여주인 최 여사女史가 TV에 출연해서 외도에 숨겨진 이야기를 많이 들려주었다. 이야기 중에 "외도를 얼마에 구입했으며 지금은 시가가 얼마냐고 묻는 이들이 적지 않다."라고 하면서 자기들을 부동산 투기꾼처럼 보는 이들이 안타깝다고 했다.

외도를 개발하기 위해서 세계 여러 정원을 둘러보고 토양에 맞는 식물들을 심고 현지에 살던 사람들을 고용해서 오랜 세월이 지나서 빛을 보게 된 것을 일반인들은 아는 이들이 많지 않다. 우리나라 명승지가 되기까지 부부가 쏟은 정성을 헤아릴 줄은 잘 모른다.

크게 농원을 가꾸든 작게 텃밭을 하든 물이 있어야 가능하다. 하늘의 비가 필요할 때 내려주는 것이 아니다. 여름에는 가물어서 물이 반드시 필요한 날이 있다. 지하수 개발이 되어 있으면 다행이지만 그렇지 않으면 물 구하기가 쉽지 않다. 수돗물을 농작물에 급수하는 것은 원칙적으로 허용되지 않는다. 가까운 곳에 도랑이라도 있으면 작은 텃밭에 물 주기가 그래도 용이하다.

'모사재인 성사재천 불가강야謀事在人 成事在天 不可强也' 계략을 꾸미는 것은 사람이지만 그 일이 이루어지는 것은 하늘에 달려 있어서 강제로 할 수 없다는 말이 있다. 즉 사람이 꾀를 부리고 일을 도모해도 하늘이 이루어주지 않으면 헛일이라는 말이다.

농사를 지어보면 이 말이 더욱 실감이 난다. 아무리 사람이 날을 맞추어 씨앗을 뿌리고 거름을 주고 농약을 하고 지하수를 파서 물을 적절히 대어주어도 결국은 하늘이 이루어주어야 풍년이 온다. 더구나 물 주기는 땅의 물과 하늘의 물은 차이가 엄청 난다. 지하수를 파고 도랑에 보를 막고 물을 주어도 하늘의 물과는 다르다.

비가 하루 정도 푸근히 내리고 나면 다음 날 만물이 완전히 생동감을 찾고 모든 식물이 활기를 찾는다. 더구나 잡초는 때를 만난 듯이 활개를 친다.

올해는 100년 만에 온 폭염이라고 연일 보도를 하였다. 폭염경

보가 내리면 휴대폰으로 알려준다. 편리하고 좋은 세상이다. 밭일을 하다 보면 마을 방송에 폭염 경보가 내렸으니 일을 중지하고 그늘이나 시원한 곳으로 피하라고 안내한다.

갑자기 소나기라도 한바탕 내려주면 좋겠다. 여름철에는 하늘의 물 소나기가 약이다. 소나기도 그냥 내리지 말고 번개가 번쩍후다닥 지나가고 천둥이 우르르 쾅쾅하고 한 번씩 지나가는 것이 좋다. 그리고 번갯불이 번쩍하고 하늘이 찢어질 듯이 벼락이 한 번씩 후려쳐줘야 여름 맛이 난다. 천둥이 꽝꽝하면 사람들이 두려워한다. 더구나 평소에 행실이 단정치 못한 사람은 지레 겁을 먹는다. 행여 벼락이라도 맞을까 하는 두려움이 온다. 번개가 지나가고 천둥이 쿵쾅거리고 땅이 꺼질 듯한 낙뢰가 떨어지고, 소나기가 한차례 퍼붓고 나면 세상이 맑아지는 것 같다. 공중에 나다니던 잡귀들이 싹 사라진 것 같은 기분이 든다. 악의 세력과 죄의 세력이 없어진 것 같다. 강물이 불어나서 더럽고 추한 쓰레기들을 말끔히 씻어간다. 기분이 상쾌하다.

푹 쏟아진 하늘의 물이 천지를 깨끗이 씻어주고 맑게 해 주는 것 같다. 땅의 물도 소중하지만 하늘의 물이 내려야 땅의 물도 힘을 얻는다.

4

제자의 선물

# 20년의 약속

약속을 잘 지키는 사람은 믿음이 간다. 약속 중에는 언약言約 금약金約 시약時約이 있다.

말로써 한 약속을 언약이라 한다. 말만 우후죽순처럼 쏟아내고 지키지 않는다면 신뢰가 떨어진다. 금약은 금전으로 하는 약속이다. 금전거래가 분명해야 두터운 신임을 얻을 수 있다. 특히 사업을 하는 사람은 거래 약속을 잘 지켜야 성공할 수 있다. 시약은 시간 약속이다. 시간 약속을 하면 정시에 도착하지 말고 일찍 도착하는 습관을 가져야 한다.

나는 교직 생활 중에 제자들과 '20년 후의 약속'을 지켰다. 2년 후의 약속도 잘 지키지 않는 사람이 있는데 20년 후의 약속을 지킨 것이 나 자신에게 잘한 일이라고 칭찬하고 싶다.

나는 1984년에 울릉도로 전근되어 갔다. 그 당시에 울릉도를 신비의 섬이라 했다. 베일에 싸인 것이 많았다. 교통이 불편하여 육지에서 내왕이 지금처럼 쉽지 않았다. 또한 교사가 울릉도에 근무한다는 것이 희망한다고 되는 일이 아니었다. 도서벽지 진흥법에 의하여 근무자에게 인사에 가점加點이 있기 때문에 경합競合이 심했다. 도서벽지 근무수당을 더 올려준다고 희망할 사람은 거의 없다. 인사에 혜택이 없으면 예나 지금이나 희망자를 찾기는 쉽지 않을 것이다.

나는 희망하여 당년에 가게 되었으니 운이 무척 좋은 편이었다. 울릉도 근무를 여러 번 희망하여도 되지 않으니 심지어는 본적을 울릉도로 옮긴 사람도 있었다. 본적을 옮긴다고 특별한 혜택이 있는 것은 아니다.

울릉도 근무 첫해에 나는 가족들을 육지에 두고 홀로 가게 되었다. 3학년 졸업반 담임이 되었다. 최선을 다해서 아이들을 지도하였다. 3학년이 3개 반이었는데 한 학기가 지나니 내가 맡은 반이 서서히 두각을 나타내었다. 공부도 잘하고 모범반이 되어갔다. 세상만사는 심은 대로 거두게 된다. 저녁에도 우리 반은 특별한 일이 없는 아이들은 학교에 모여서 밤 10시까지 자율학습을 하였다. 학부형들이 무척 좋아했다. 밤낮으로 학생들과 함께 한다는 것이 쉬운 일은 아니었다.

고등학교 입학성적도 좋았다. 대도시로 고등학교 진학생이 우리 반이 다른 반보다 많이 진학했다. 학생들과 학부모들이 모두 환호했다.

졸업식이 가까워 오자 아이들이 헤어지기가 싫은지 "선생님 우리 모두 언제 다시 만나요." 한다. 나는 며칠 생각을 하다가 "얘들아 우리 20년 후에 이곳에서 다시 모두 만나보자." 아이들이 고성을 지르며 좋아했다. '2004년 8월 1일 오전 10시' 우리 반 교실에서 다시 만나기로 하고 우리 반만 따로 앨범을 만들었다. 아이들의 신상과 장래 희망을 적어서 파일을 만들어 내가 보관했다. 20년 후 자성예언自成豫言이 들어 있었다. 미리 스스로 말해서 이룬다는 것이다. 나는 20년 후에 교장이 된다고 자성 예언하였다. 평교사에서 교장이 되는 것이 쉬운 것이 아닌데 나는 예언대로 되었다. 제자들의 기도 덕이라 생각했다.

그때는 20년 세월이 멀어 보였다. 한 해 두 해 10년이 지나고 나니 20년이 온다는 느낌이 들었다. 서서히 보고 싶은 제자들을 보러 갈 준비를 하였다. 책을 한 권 만들기로 마음먹었다. 주변 선생님들과 상의를 해 보았다. 책 제목을 "20년의 약속"으로 하라는 의견을 받아들였다.

교육 관계신문에 투고했던 교단 수기를 정리했다. 각종 연수를 다니면서 수집한 참고자료도 정리했다. 그리고 아이들이 나에게 보관해두었던 자성 예언록을 그대로 수록하기로 했다. 책은 비매품으로 발간하기로 결정했다. 경비가 다소 부담이었지만 20년 만에 제자들을 만나러 가는데 내가 부담하기로 했다.

2002년 아내와 함께 제자들과 만나기로 약속한 지 18년 만에 울릉도를 방문하였다. 제자들은 뿔뿔이 학업 차 직장을 찾아서 거의 울릉도를 떠나고 남녀 5명이 울릉도에 있었다. 만나서 너무 반가웠다. 2004년 20년 만의 재회를 위해서 모두 노력하기로 했다.

근무지로 돌아와서 제자들을 찾기 시작했다. 그 당시 반장이었던 박 군은 신부神父가 되어 있었다. 나와 둘이서 연락하면서 1년 만에 거의 제자들을 다 찾아서 전화로 통화를 했다. 46명 중에 끝까지 찾지 못한 제자가 한 명이었다. 아무도 종적을 몰랐다. 45명은 모두 통화하였고 '20년의 약속' 재회의 날에 최대한 참석하기로 약속했다.

드디어 2004년, 마음이 바쁘다. 책도 발간하고 카페도 열고 현수막도 제작하고 일이 척척 진행되었다. 그런데 각종 언론매체에서 연락이 왔다. 취재하여 기사화하겠다는 것이다. 나는 언론에 일체 발설하지 못하도록 제자들에게 당부하였다.

행사 이틀 전에 우리 일행은 친구 부부와 나의 아우들을 비롯해서 18명이 울릉도에 도착하였다. 부두에 제자들이 마중을 나와서 북새통이 터졌다. 박수를 치고 만세를 부르고 "선생님"을 환호했다.

미리 학교에 연락하여 교실 사용을 허락받았지만 행사 전일 학교를 방문하여 교실을 청소하고 모처럼 제자들과 교실에 들어가니 20년 전 생각이 활동사진처럼 지나갔다.

행사 당일 아침부터 비가 내렸다. 비가 행사를 축하하는지 메말랐던 대지를 적셔주었다. 아침 교실에 들어서니 반가운 얼굴들을 20년 만에 만나니 너무나 감개무량했다. 제자들이 20여 명 학부형들이 7명 나와 친구들 그리고 나의 아우들과 50여 명이 모였다. 마치 타임머신을 타고 먼 옛날로 돌아온 것 같았다. 제자들도 얼굴이 상기되었다. 신부가 된 박 실장이 사회를 하고 약 한 시간 정도 내가 회고사 겸 인성 수업을 하였다.

몇몇 언론사에서 기자들이 와서 취재를 하였다. 나와 이야기를 나누었다. 어떻게 '20년의 약속'을 지키게 되었는지 물었다. 나는 한마디로 '사랑의 힘'이라고 말했다. 이튿날 한 신문은 '20년의 약속'이 이루어졌다고 보도하였다. 지금 생각해도 기적 같은 약속이 이루어졌다. 내가 근 35년 교직 생활 중에 제자들과 '20년의 약속'을 지킨 것이 아름다운 추억으로 남아있다.

'20년의 약속' 만세라도 부르고 싶다. 사랑하는 제자들의 앞날에 광명이 있기를 항상 기원한다.

# 구룡포와의 깊은 인연

　나에게는 고향처럼 생각되는 곳이 두 곳이나 된다. 타향他鄕살이를 많이 한 덕이다. 이곳저곳 유성流星처럼 다녔으니 마음 붙이고 산 곳이 한두 지역이 아니다. 그렇다고 다 고향처럼 생각되지는 않는다.

　나의 마음에 깊이 남아있는 두 곳이 고향처럼 느껴진다. 울릉도는 나의 마음의 고향으로 남아있다. 8년간 가족들과 함께 살았으니 정도 들고 희로애락喜怒哀樂도 적지 않아 늘 그리운 마음의 고향이라고 할 수 있다.

　또한 제2의 고향은 구룡포이다. 구룡포는 나와 인연이 깊다. 처음 구룡포에 간 것은 중학교 3학년 수학여행이었다. 대보 등대를 처음 보고 신기하게 생각했다. 등대 앞 구만리에 펼쳐져 있는 보리밭은 고향을 연상케 하였다. 두 번째는 고등학교 때 해양언어 조사차 구룡포에 갔다. 친구들과 어울려 이런저런 구경을 하였고 지역 해양언어 조사는 거의 하지 못했다. 다행히 제주도 해녀들을 만나서 제주도 방언을 상당히 수집하는 큰 성과가 있었다. 교지에 소개되는 기쁨을 얻었다. 그 당시 구룡포는 고래잡이를 하는 상당한 포구浦口였다. 그리고 자연석으로 만들어진 돌문이 기억으로 남아 있었다. 또한 오밀조밀한 일본 가옥들이 눈에 선하게 남았다. 세 번째 구룡포에는 교감으로 승진되어 여자 종고에 근무 하게 되었다. 춘삼월 바닷바람이 을씨년스러웠다. 옛 생각이 나서 돌문을 찾아보았지만 지역개발에 밀려서 없어져버렸다. 너무 애석했다. 네 번째 교장으로 승진해서 남자 중고에 가게 되었다.

삼세번도 대단한데 네 번이나 가게 되었으니 인연이 깊어졌다. 구룡포는 동해안에서 큰 항구에 속한다. 해산물이 주로 오징어 고등어 대게 등 다양하게 생산된다. 근래는 과메기가 개발되어 어촌에 크게 도움이 되고 있다. 고래잡이를 할 때는 포항보다도 경제력이 좋았다고 한다. 거주하는 인구도 상당했고 학생 수도 남녀 중고등학교에 각각 천명이 넘었다니 규모가 컸다. 하지만 고래잡이가 금지되고 항구는 볼품없이 작아지고 지역경제도 쇠락衰落해졌다. 거주 인구가 급감하고 학교 규모도 작아졌다.

내가 교장으로 부임하였을 때 학생 수는 옛날의 반도 채 되지 않았고 학교와 지역사회는 갈등이 잦았다. 사고가 많이 나는 학교로 낙인찍혀 있었다. 내가 가기 일 년 전에 학생이 왕따 자살 미수 사건으로 전국 언론에 거의 매일 보도되는 유명한(?) 학교가 되었다. 학교와 지역사회는 신뢰가 전혀 없었다. 학생도 여건이 되면 학교를 떠나고 교원들도 기회가 오면 학교를 떠났다. 쓰레기처럼 버려진 학교였다. 공립학교가 이럴 수 있다니 기가 막히는 일이다. 국민의 세금으로 지어지고 국민의 세금으로 월급을 주는 공공기관이 이렇게 버려진다는 것은 국가의 막대한 결손이 아닐 수 없다.

책임을 맡은 장長은 반드시 이런 것을 개선改善하고 개혁改革해야 할 책임이 있지 않은가! 나는 책임감을 통감했다. '학교를 바로세우지 못하면 이곳을 떠나지 않으리라. 그리고 반드시 바로 세우리라.' 혼자서 기도하며 다짐을 했다. 뜻이 있는 곳에는 길이 열리고 좋은 일에는 동반자가 생기기 마련이다. 초심의 마음으로 열정을 쏟으며 혼신의 노력 끝에 내 마음을 알아차린 듯 선생님들도 나의 편에 서기 시작했다. 학부형과 지역주민들도 나의 생각에 동참하기 시작했다. 물론 각 교육기관들도 학교를 적극적으로 돕기 시작했다. '혼자 가면 빨리 가지만 함께 가면 멀리 갈 수 있다.'는 말처럼 혼자 하면 힘들고 어렵지만 함께라면 어렵지 않음을 절실히 깨닫게 되었다.

학교는 점차 변모되어 갔으며 학생들도 차츰 변화되어 학교생활에 잘 적응하고 규율을 지키며 수업 태도와 생활 태도도 전과다르게 좋아 보였다. 선생님들 또한 근무 의욕을 가지고 즐거운마음으로 학교 업무와 학생지도에 관심을 가지고 열정을 갖게 되었다. 해마다 전출 희망자가 많던 학교 분위기가 내가 부임한 다음 해에는 만기 전출자 이외에 단 한 명도 전출 내신을 내지 않았다. 선생님들의 의지와 생각이 나에게 더 큰 힘을 실어주어 연구학교 과제를 도교육청에서 받게 되었다. 선생님들은 더욱 근무 의욕이 생겼고 학생들은 열심히 공부하여 상급학교 진학률이 월등히 좋아졌다. 학부모님들 또한 학교를 신뢰하며 선생님들을 고맙게 생각하게 되었다.

나는 지역의 기관장 회의에서 기회가 주어지면 구룡포의 발전을 위해서 여러 가지 제안을 하곤 했다. 구룡포의 구 도로에 남아 있는 옛날 일본가옥을 문화 거리로 만들어 테마가 있는 관광자원으로 개발하고 현충공원 내에 있는 일본인 기념비를 복구해서 역사의 교육장으로 활용하는 것이 좋다고 제안했다.

지금 가보면 포항시에서 예산을 투입했는지 옛날의 일본가옥은 아주 말끔히 정리되어 관광지로 많은 사람들의 구경거리가 되었다. 현충공원은 아직 복원되지 않았지만 복원하여 자라나는 학생들에게 교육 현장으로, 또한 관광객에게도 그 당시의 침략상을 그대로 보여주어, 각성覺醒의 장으로 하는 것이 바람직하지 않을까 생각하면서 곧 복원의 소식을 기대해 본다.

나의 재임 시절 일본의 하마다시와 포항시가 자매결연이 되어 학생들을 격년隔年으로 중학생들이 번갈아 방문했다. 중학생 남녀 10명으로 인솔책임자 3명이 가게 되었는데 내가 한번은 인솔책임자로 하마다시를 방문하게 되었다. 하마다 시청 방문 후 관광지도 관람하게 되었다.

하마다 시는 인구 5만의 작은 지역으로 우리가 방문하면 다음 해에 하마다시에서 10명의 학생과 인솔자 3명이 포항시를 방문하게 되는데 나는 이곳 구룡포를 보여주자고 제안했다. 하마다 시 교육장이 구룡포의 일본가옥을 보더니 넋 나간 사람처럼 유심히 바라보면서, 일본에도 이렇게 옛날 일본식 가옥이 잘 보존된 곳이 드물다고 하면서, 관광지로 개발하면 일본사람들이 머지않아 관광으로 오게 될 것이라고 하였다. 지금 구룡포는 일본가옥 일대가 근대문화역사거리로 관광객이 제법 오고 있다. 머지않아 일본인들도 관광객으로 이곳을 찾을 것이라 생각한다.

구룡포 근무 2년 후에 다른 학교로 전근이 되었을 때 학부형들과 지역주민들이 무척 서운해했다. 나 역시 떠나기가 아쉬웠지만 공직의 생활이 미련이 남지만 후임 교장이 더 잘해줄 것이라 생각하면서 이곳 마음의 제2고향을 떠났다.

나는 거의 매일 아침 일찍 일어나서 마을 뒷산에 올라갔다.

동해가 펼쳐진 아름다운 구룡포읍이 훤히 보이는 곳을 찾는 이유는 산책도 좋아하지만 동해에 힘차게 솟아 오는 태양을 바라보면서 기도하기 위해서 이른 새벽 산에 올라갔다. 이른 아침 산의 공기는 상쾌하고, 맑고 깨끗하여 많은 생각을 선물로 주고, 또한 건강에 좋기에 산을 오를 수밖에 없다. 뒷산에 올라가서 하루의 일과를 생각하고 정리하고 출근하게 되면 하루의 일정이 어려움 없이 잘 진행될 때가 허다했다. 아마 산과 바다가 주는 선물이 아니었나 생각되었다. 나의 교직 생활은 구룡포에서 마지막 큰 힘을 얻어서 무사히 남은 임기를 잘 마칠 수 있었다. 지금도 가끔 구룡포에 들르면 그때의 학부형이나 지역민들을 만나게 되고 그 당시의 이야기꽃을 피우다가 헤어질 때가 있다. 그때 그 시절이 그립다. 아마도 나의 마음 한구석 깊은 곳에 꼭꼭 숨겨둔 심정의 고향, 바로 구룡포는 나의 제2의 고향이기에 지금도 그립고 가고 싶다. 그리고 이른 새벽 뒷산에 오른 그 열정과 그리움이 나를 사로잡고 있다. 지금도 손짓하며 마음이 끌려가고 있는 것은 푸른 바다 동해의 이글거리는 저 붉은 태양 속에 내 마음이 녹아 있음이리라.

# 제자의 선물

명절이 다가오면 선물 걱정이 앞서는 사람들이 상당수다. 어른들에게는 무얼 해드릴까. 아이들은 어쩔까. 주머니 사정이 어려운 사람일수록 수심은 더 깊다. 가난한 사람들 중에는 아유 명절은 누가 만들었느냐고 장탄식도 한다.

하루는 거실에 있는데 전화벨에 울리더니 선생님, 하고 부른다. 중년 여성이다.

"예, 누구 찾으세요?"

"김 선생님 맞으시죠?"

"예, 그런데 누구세요?"

"선생님 저 ○○학교에서 선생님께 배운 숙입니다."

"아, 그래 오랜만일세. 어떻게 전화를 했는가?"

"선생님 대한민국이 참 좁네요. 선생님의 글을 읽었습니다."

"어디서 봤는가?"

"○○ 연간지에서 봤습니다."

정말 세상은 좁구나. 나의 글을 제자가 보다니.

숙이는 내가 세 번째 근무한 남녀공학 학교에서 2년간 담임을 하면서 가정방문을 가보아서 기억에 남아있다. 바닷가 아담한 집에 살고 있던 숙이는 공부도 잘하고 단정한 학생이다. 공부방에 내가 들어가서 살펴보고 채광과 조명을 이야기해 주고 온 것 같다. 그러고는 상급학교에 진학하고 사회인이 되고 서로 연락이 두절되었다. 수년 전에 우연히 전화 연락이 되어 안부를 묻는 중에 숙이가 나의 고향 인근으로 시집을 와서, 지금은 신랑을 따라 부산 부근에 살고 있음을 알았다.

숙이가 졸업하고 이듬해 나는 2학년 담임을 하였다. 학년 초에 가정방문을 하지만 학부형들의 부담이 될 것 같아 마을 별로 한 바퀴 도는 정도였다. 꼭 필요한 학생은 미리 학생 편에 전달하여 학부모를 잠시 만나 상담을 했다. 학교가 농어촌을 끼고 있어 학부모를 만나기가 쉽지 않았다.

며칠 전에 숙이가 문자로 주소를 찍어 달라면서 이유는 묻지 말라고 한다. 왜 그러는지 미심쩍게 생각하면서 "주소는 책에 있는데…" 하고 문자를 보냈다. 난 퇴임 후에 바쁘게 살려고 계획을 세웠다. 집에 있는 날이 그렇게 많지 않다. 각종 봉사 및 취미활동으로 대부분 시간을 보낸다. 고향에도 자주 들러 선산先山을 돌보는 일도 장손인 나의 일이라 생각하고 게을리하지 않는다.

그저께 외출해서 돌아오니 경비실에서 부른다. 택배가 와 있었다. 숙이가 보냈다. 녀석이 주소를 묻더니 설날이라고 선물을 보낸 거다. 선물은 받으면 기분이 나쁘지 않다. 그러나 좋아만 할 일이 아니다. 받을 사람에게 받아야 되며 부담이 없어야 좋은 것이다. 난 거실에서 택배 상자를 풀어보았다. 영덕대게가 한 상자 꽉 차 있다. 빛깔로 보니 영덕대게가 확실하다. 숙이에게 전화를 하였다.

"예 선생님 숙입니다. 잘 계시죠?"

"아니 잘 못 있다."

"왜요?"

"네가 선물을 보내서."

"선생님 왜 그러세요. 별것도 아닌데."

"내가 너에게 선물을 받을 만큼 한 게 없다."

"선생님, 이렇게 잘 살잖아요. 선생님이 잘 가르쳐 주셔서요."

"그래 고맙다. 잘 먹을게."

"명절 잘 보내세요."

전화가 끊어졌다. 숙이는 내 앞을 떠난 지 30년이 넘었다. 어린아이 제자가 아니다. 나는 가끔 여자 제자들이 전화가 오면 말을 놓지 않는다. 그들은 이제 성인이다. 대부분 결혼해서 가정을 가지고 있는데 그들의 남편을 염두에 두어야 된다. 어린아이처럼 대해서는 될 일 아니다.

한번은 여제자가 전화가 왔는데 존댓말을 하니 선생님 공처가세요? 옆에 사모님이 계세요 한다. 옆에 있던 아내가 실소失笑를 한다. 그래도 아무렇게 대하면 안 된다는 것이 나의 생각이다.

나는 산촌에 태어났지만 학교 근무를 거의 바닷가에서 하였다. 초임지 영덕에서 울릉도로 그리고 포항에서 교직을 마쳤다. 내륙 근무는 청송에 2년 있은 것이 전부다.

우스갯소리로 나는 평생 먹을 오징어는 다 먹어 두었으며 해삼 전복 등 해산물을 원 없이 먹었다고 자랑할 때가 더러 있다. 이 정도 건강을 유지하는 것도 좋은 공기 마시고 욕심 없이 살며 바다 덕분이 아닌가 생각하기도 한다.

올 설 명절은 제자 숙이 덕분에 모처럼 가족이 모여 영덕대게 이야기로 꽃을 피우며 맛있는 설날이 될 것 같다.

# 뜻깊은 졸업식

"빛나는 졸업장을 타신 언니께 …중략… 잘 있거라 아우들아 정든 교실아 선생님 저희들은 물러갑니다."

오랜만에 들어본 졸업식 노래다.

요즘 졸업 시즌이라 졸업생들이 해방감에 젖어서 거리를 메우며 선물 꾸러미를 한 아름씩 안고 오가기도 한다. 교직을 퇴임한 후 졸업식에 참석할 일이 없었는데, 오늘 특수학교 김 교장이 졸업식에 내빈으로 참석해 달라고 연락이 왔다. 조금 망설였다. 학교를 떠난 지 제법 되었고 손님으로 가기가 내키지 않았다. 하지만 불러주는 것이 고마운 일이다. 또한 일반 학교의 졸업식은 자주 보았지만 특수학교의 졸업식은 보지 못했다.

옷을 차려입고 차를 몰았다. 교장실에 들어서니 가을 운동회 때

보다 내빈 수가 많지 않다. 식장에 들어서니 자리가 따로 마련되어 있었다. 갑자기 김 교장이 나에게 와서 즉석 축사를 부탁한다. 사양했지만 꼭 하라고 당부한다.

식이 시작되었다. 일반 학교와는 판이하게 다르다. 아이들이 어수선하다. 여기저기 뛰어다니는 녀석이 있는가 하면 고함을 지르는 녀석도 있다. 그래도 일반 학교처럼 제지하지 않는다. 아무도 당황하지도 않는다. 나도 태연해졌다.

시상이 시작되었다. 아이들이 혼자 나오지 않고 학부형들이 데리고 나와서 세운다. 아이들은 상을 받으니 좋은가보다. 웃는 아이도 있고 긴장된 아이도 있다. 사회자가 양해를 구한다. 초중고 전문 과정까지 졸업생이 육십여 명이 되는데, 일일이 상을 주게 되니 식이 길어진다고 예고를 한다.

나에게도 시상을 해달라고 호명呼名을 한다. 모처럼 단상에 올라가서 상장을 수여하고 부상도 전했다. 장학금 전달까지 하고 나니 한 시간이 더 걸렸다. 그래도 지루하지 않았다. 매사는 마음먹기 달린 것일까. 양해를 하니 조급하지 않았다.

장애아들을 바라보니 측은한 생각이 밀려온다. 저들이 사회에 나가서 자립을 하려면 얼마나 큰 시련을 만날까. 정상인들도 발붙이기 어려운 현실인데 장애를 딛고 일어설 때까지는 피눈물 나는 노력이 필요할 것이리라.

나는 재임 때 수업 시간에 헬렌 켈러Helen Adams Keller에 대해서 가르친 적이 있다. 그는 장님이며 귀머거리였다. 절망적인 장애를 가지고 태어났다. 부모의 심정이 어떠했겠는가. 죽고 싶은 심정이 아니었을까. 전생에 무슨 죄가 있어 저런 아이가 나에게 태어났을까. 원망도 해보지 않았을까.

근래에 신생아 중에 장애아 출산율이 전보다 높아졌다고 한다. 기후나 먹을거리 등의 환경오염이 원인이 되어, 인체人體에 나쁜 영향을 주어 정상아 출산율이 낮아진다고 일부 학자들이 말한다. 하지만 선천적 장애인보다 교통사고와 각종 안전사고로 후천적 장애인들이 더 많아지고 있다니 개탄慨歎할 일이다.

선진국은 장애인들에 대한 배려가 상당하다. 우리나라도 장애인들에 대한 처우가 개선되고 있다. 예전에는 창피하다고 장애를 숨기는 경우가 허다했다. 지금은 장애등급을 올리려고 애를 쓰는 사람이 없는 게 아니다. 또한 가짜 장애인으로 등록하여 혜택을 누리는 사람도 더러 있다니 한심하기 짝이 없다.

헬런 켈러를 가르친 설리번Anne Sullivan Macy이 없었다면 헬렌 켈러의 존재가 알려지지 않았을지 모른다. 설리번은 사랑과 집념으로 그를 가르쳤다. 물Water이라는 한 단어를 가르치는 데 일주일이 걸렸다고 한다. 물을 만져 보게 하고 마셔 보게 하여 감각으로 알게 했기 때문이다. 처음 그 말이 믿기지 않았지만 '○○초등학교'라는 여섯 글자를 알게 하는데 한 학기가 걸렸다는, 특수반 담임선생님의 말을 듣고 설리번 선생님의 노고勞苦를 알게 되었다.

졸업식장에 가만히 앉아 생각하니 장애아들의 선생님이 되려면 첫째 사랑으로 그들을 대해야 되며 인내심忍耐心이 있어야 될 것 같다. 사랑으로 그들을 대하지 못한다면, 참을성이 없다면, 성장이 늦는 그들을 기다릴 수 있겠는가. 장애아들의 부모의 심정은 어떠하겠는가.

나의 딸이 결혼하여 외손자가 태어났다. 삼대독자인 사위가 득남을 하였다고 사돈댁이 무척 좋아했다. 그런데 하루는 딸이 울먹이며 전화를 한다.

"아빠! 아이가 사시斜視라 하는데요. 어쩌지요?"

"야야, 사시가 뭐냐?"

"한쪽 눈 시력이 약해서 두 눈을 똑바로 못 본데요."

"안과에 가보지 그래."

딸은 아이를 데리고 안과에 가서 처방을 받았다. 수술을 하면 금방 나을 수 있지만 행여 후유증이 있을지 모르니, 안대를 사용해서 초등학교 들어갈 때까지 치료를 해보자는 결론이 났다. 의사의 처방대로 낮에도 집에 있을 때는, 시력이 좋은 쪽에 안대를 해서, 약한 쪽의 시력을 끌어올리려고 지극 정성으로 노력했지만 쉽게 좋아지지 않았다. 큰 장애가 아니지만 딸아이의 수심이 깊어간다.

오래전에 장애아 어머니가 솔직한 심정을 토로한 글을 읽은 적이 있다. 자기의 소원은 장애아 자식이 죽고 다음 날 자기가 죽는 것이라고, 매일이 괴롭고 힘들다는 이야기를 적어두었다. 우리 사회도 장애인들을 바라보는 시선이 많이 달라졌다. 그들에게 무엇을 하라고 하기보다 그들에게는 우선 베풀어 주어야 한다.

어머니가 장애 아이에게 온 정성을 기울이는 실화를 바탕으로 만든 '말아톤' 영화가 많은 관중들의 심금을 울렸다. 암흑The Black 이라는 영화는 마치 헬렌 켈러를 주인공으로 만든 것 같은 감명을 주었다. 하지만 '도가니'는 우리 사회의 어둡고 치사한 일면을 적나라하게 보여주었다. 장애인들을 이용하여 자기의 잇속을 채우는 몰염치배들이 아직도 우리 사회의 구석에 숨어 있다니 한심하다.

축사를 하러 단상에 올라서니 장애 아이들의 눈망울이 눈에 들어온다. 무언가 희망이 있어 보인다. 모두가 상을 받고 졸업을 한다니 마음이 상기된 것 같다. 나는 졸업[Commencement]은 끝이 아니라 이제 다시 시작하는 것이며, 지금까지 뒷바라지해온 부모님들의 노고에 경의를 표한다고 하였다. 하지만 지금부터 학부형과 학생들은 또 다른 시작이라고 간단히 축사를 마쳤다.

오늘 모처럼 뜻깊은 졸업식에 참석하여 신선한 충격을 받았다. 빛나는 졸업장을 받은 장애아들이 사회인이 되어 정상인보다 더 보람되게 살아가기를 기원한다.

# 아름다운 기부

연말이 되니 길거리에 자선냄비 종소리가 요란하다. 구세군에서 기부금을 모아서 불우한 이웃들에게 연말에 따뜻한 손길을 전하려고 애를 쓰고 있다.

근래에 기부 문화가 조금씩 넓어지고 있다. 다행한 일이다. 기부란 있는 사람이 베풀어야 된다. 없는 사람은 마음은 있어도 실천하기란 어렵다.

미국의 경우는 부자들이 평생 모은 재산을 자식들에게 물려주지 않고 사회에 환원하는 기부문화가 자리 잡고 있는 것 같다. 우리나라는 아직 미흡하다. 있는 사람들이 아직은 인색하다. 자식들에게 어떤 방법으로라도 물려주려고 안간힘을 쓰다가 물의를 일으키는 꼴불견을 더러 본다.

하지만 근래에 우리나라도 재능 기부를 비롯해서 기부 문화가 점차 확산되고 있는 것은 바람직한 일이다. 예체능 스타들이 거금을 희사하는 일이 종종 전해지면 훈훈함을 느낀다.

내가 재직할 때 H대학교 총장이 중등학교장들을 초대해서 그 대학을 방문한 적이 있었다. H대학교 K총장은 진실한 교육자다. 가끔 대학 총장들 중에는 모범이 되지 못해 비난을 받기도 하지만 K총장은 인품이 널리 알려진 훌륭한 학자다. 그는 어려운 학교를 인수받아 만난을 무릅쓰고 학교를 전국 명문학교로 만들었다. 그는 신앙인이요 행정가며 모범을 보이는 교육자다.

학교의 어려운 일을 해결하려다가 본의 아니게 감방 생활도 하였다. 모든 교수와 학생들이 그의 구명 운동에 앞장서고 그는 무혐의로 석방되었다. 그런 사실이 매스컴을 통해서 알려지면서 수많은 독지가를 만나게 되어 열악한 학교의 재정이 좋아지게 되었다. 그의 정직하며 제자와 교육과 학교를 사랑하는 마음이 널리 알려지게 된 결과였다.

K총장은 우리에게 훌륭한 건물을 소개한다고 한 건물로 데리고 갔다. 멋진 사람들로부터 기증받은 건물이라고 뜸을 들었다.

하루는 K총장이 집무실에 있는데 중년 남자 네 분이 면회를 와서 이 건물을 짓게 해 주었다. 남자 네 사람은 자기 아버지가 물려준 20억 전 재산을 H대학에 기부할 테니 인재양성에 써 달라는 부탁을 받고 K총장은 그 돈으로 이 건물을 짓게 되었다.

네 분 남자들은 자기 아버지가 얼마 전에 별세를 하였는데 문상객이 자기들이 전혀 모르는 사람들이 발걸음이 이어지는 것을 보고 문상객들에게 자기들의 부친과 무슨 관계인지 물어보았다. 그들은 하나같이 별세한 부친이 주신 장학금으로 공부한 사람들이라는 것을 알게 되고 깜짝 놀랐다.

자식들에게도 알리지 않고 정말 '왼손이 하는 일을 오른손이 모르게' 좋은 일을 하신 아버지를 알게 되었다. 네 형제는 아버지의 장례를 마치고 유산에 대해서 논의하던 중 아버지의 유산이 없어도 자신들은 살 수 있으니 아버지의 모든 유산을 좋은 대학에 헌납하기로 결정하고 찾은 대학이 K총장이 근무하는 H대학이었다.

K총장은 자기를 찾아준 것이 너무도 고맙기도 하고 그 뜻을 높이 기리기 위해서 학교 중심부에 학생들이 다양하게 이용할 수 있는 건물을 짓고 널리 홍보했다. 듣는 모든 이에게 훈훈한 인간미를 느끼며 기부의 의미를 더욱 깊게 느꼈다.

나는 그 이야기를 듣고 기부 이야기가 나오면 열변을 토하면서 이 이야기를 전했다. 아버지도 훌륭하지만 네 명의 아들도 아버지 못잖게 빛나는 사람들이다.

가끔 재산 있는 아버지가 죽고 나면 장례도 치르기 전에 유산 때문에 멱살을 잡고 흔드는 경우를 보게 되면 추한 인간사를 보는 것 같을 때가 있다.

근래 유명한 여배우 한 명이 별세하였다. 제법 많은 유산을 남겨두었는데 어떻게 되는지 가족 간에 다툼이 있음을 연일 보도되고 있다.

재능 기부란 말이 나온 지가 그렇게 오래되지 않았다. 예전에는 공부해서 남 주나 했지만 근래는 공부해서 남 주자라는 말이 귀에 익숙해졌다. 가진 자가 기쁜 마음으로 베푸는 것이 아름다운 기부이다.

# 오래된 추억

30년이 지난 일이다. 그렇지만 아직도 기억이 생생한 것은 스카우트의 힘이다. 1982년 제6회 한국잼버리 겸 제8회 아·태 잼버리가 전북 무주에서 열렸다. 나는 그 당시 교사 초년병이었으며 스카우트도 초년 시절이었다. 기본교육 상급 훈련을 받은 지 그렇게 오래되지 않아서 스카우트 정신이 충만했다. 한국잼버리와 아·태 잼버리가 겸해서 열리는 국내 최대 행사였다. 대장으로서 대원들을 데리고 참석하려고 여러 가지 기능을 익히고, 심지어는 관내 중학교 대원들에게 간단한 영어교육도 시군교육청 단위로 시행하였다. 내가 강사로 선임되어 일주에 한두 번씩 간단한 영어 회화 공부를 하였다. 마음이 한껏 부풀었다.

인솔 단장으로 K초등학교 L교장이 정해졌다. L교장은 각급 훈

런이 있을 때마다 원칙주의자였다. 작은 일이라도 적당히 하는 것이 용납되지 않았다. 가끔 함께 훈련강사로 봉사를 할 때는 짜증스럽기도 했지만 원칙주의에 누가 감히 이의異意를 제기하기가 어려웠다. 대회 참가 전에 모든 대원과 대장들에게 일장 훈시가 있었다. 국제대회가 겸하니 솔선수범率先垂範하여 국위를 선양하자고 다짐했다. 행사 전날 무주 덕유산에 도착하니 오후 시간이 늦었다. 대별로 야영장을 정하고 텐트를 칠 바닥을 고르고 바쁘게 대원들이 움직이며 대장들도 쉴 틈이 없었다. 인솔단장 L교장은 대隊마다 다니면서 천막 칠 자리가 바르지 못하면 고치라고 명령조로 했다. 몇몇 대장은 화가 났지만 단장의 지시 사항을 어쩔 수가 없었다. 약간 비스듬히 각을 맞추고 텐트 주변에 물꼬를 파고 천막 밑에 풀을 베어다가 깔개를 만들고 시간이 걸렸다.

저녁 늦게 식사를 하게 되었다. 다음 날 태풍이 상륙한다는 일기예보가 전해졌다. 다시 천막을 손질하고 주변에 물꼬를 파고 야단을 떨었다. 밤이 깊어가니 폭우를 동반한 태풍이 장난이 아니었다. 대부분 천막이 넘어지고 대원들이 피난을 가려 했지만 갈 곳이 없었다. 우리 대의 큰 천막이 주변의 다른 대원들의 피난처가 되었고 대원들의 잠자는 천막도 피난처가 되었다.

잠 한숨 못 자고 밤을 새웠다. 아침에 일어나니 태풍은 지나가고 정말 구름 한 점 없는 하늘이 개었다. 곳곳에 태풍이 흔적을 남겼다. 쓰러진 천막은 볼품이 없었고 분실물이 있는가 하면 대원들의 몰골도 말이 아니었다. 정말 다행이었다. 우리 단은 한 대도 천막이 쓰러지거나 피해를 입지 않았다. 왜 그랬을까? 원리 원칙을 지켰기 때문이다. 첫날 단장의 지시대로 천막을 바르게 단단히 설치했기 때문에 피해가 없었다. 대회를 마칠 때까지 누구도 L단장을 원망하는 사람이 없었고 감사하는 마음을 가졌다.

우리 대 부근에 태국 대원들이 있었다. 가끔 방문하고 이야기도 나누었다. 대장들을 만나서 상호 정보 교환도 하였다. 국제대회의 의미는 친선을 도모하고 상호 교류하므로 국위를 선양하는 큰 의미가 있지만 대원들은 친구를 사귄다는 것이 쏠쏠한 재미다. 서로 자신의 수품을 교환하거나 자기 나라의 기념품을 서로 주고받을 수 있다. 그 당시만 해도 우리나라는 세계에서 못사는 나라로 알려져 있었다. 옷차림이라든지 수품도 볼품이 없었다. 나는 일부러 경주에 가서 그때 가장 좋은 우리나라 기념품 몇 개를 준비해서 갔다. 태국의 대장들과 물품을 서로 교환했다. 교환 물품을 보니 우리보다 질이 좋고 우수했다. 물론 지금은 다르리라 생각한다.

나는 그 대회에 참석한 후로 스카우트 활동을 하면서 원리 원칙주의자가 되었다. 좀 어려워도 반드시 교본에 제시하는 대로 원칙을 준수했다. 그러한 연유로 교직 생활에도 크게 도움이 되었고 스카우트 활동을 끝까지 할 수 있었고, 누구와도 다툼이 생긴 적이 없었으며 원만히 교직 생활과 스카우트 생활을 마칠 수 있었다. 늘 L교장의 원리원칙주의를 생각해본다.

# 이달의 스승

선생님을 행정용어로는 교사敎師라 한다. 스승이라 하면 순수 우리말인데 더 좋아 보인다. 스승의 그림자도 밟지 않는다는 존경의 뜻이 있다. 하지만 지금 교육현장은 '학생은 있어도 제자는 없고 선생은 있어도 스승은 없다'는 한탄의 소리가 울려 퍼지고 있다니 교육의 미래가 염려된다. 연금 수급 해당자가 되면 교직을 떠나려고 생각하는 선생님들이 늘어난다니 교육의 앞날이 걱정스럽다.

상당한 기간 동안 교육부는 '이달의 스승'을 선정하여 각급 학교 교육현장에 스승 존경 풍토를 조성하려고 노력하였다. 2015년 일 년 동안 12명의 이달의 스승을 선정하여 발표하던 중에 구한말의 인물들이 친일 의혹에 휩싸여 '이달의 스승' 사업을 중단하기에 이르렀다. 2015년 5월 한글학자 주시경 선생을 이달의 스승으로 발표하였다. 6월부터는 이달의 스승으로 생존해 있는 퇴임 선생님 중에 귀감이 되는 분을 찾아서 각급 학교에 자료를 보냈다. 생존해있는 스승을 발굴하기가 너무 어려웠던지 1년간 12명을 하고는 '내 마음의 선생님'이라는 주제로 언론매체를 통해서 알리다가 이제는 모든 사업을 중단한 상태다.

가르치는 일은 쉬운 일이 아니다. 선생이라는 직업이 녹녹하지 않다. 근래는 더욱 어렵다고 말한다. 여차하면 교단에도 고발 고소 진정이 빈발하다. 옛날과는 판이하게 달라진 교육현장이다.

나는 교직 생활을 무사히 잘 마쳤다고 늘 감사하는 마음을 갖고 있다. 선후배 동료 선생님들의 도움과 사랑하는 제자들의 도움으로 보람된 교직 생활을 정년 퇴임하였다.

퇴임 후 나는 교육부에서 12명을 선정하는 '이달의 스승'에 두 번째로 선정되는 영광을 얻었다. 나는 처음 교육부로부터 연락을 받고 어리둥절했다. 퇴임한 지 몇 해가 지났는데 또 무슨 이달의 스승이냐고 사양했다. 담당자가 "선생님 족보에 올릴 좋은 일을 왜 그러시느냐?" 하면서 나를 달랬다.

현지 조사와 면담을 마친 후 나에게 최종적으로 확인 차 왔다. 제자들과 후배 선생님들이 연락이 왔다. 면담을 하고 갔으며 곧 본인에게 확인하러 갈 것이라고 일러주었다. 며칠 후에 담당자와 제자들이 나를 찾아왔다. 정말 고맙고 감사한 일이지만 부담이 되었다. 뭐 대단한 일을 한 것도 없는데 '이달의 스승'이 된다는 것이 마음이 무거웠다.

교육부에서 담당자와 면담을 마친 후 2015년 7월 이달의 스승으로 확정되었다고 연락이 오고 바로 다음 날 여러 언론매체에 보도되었다. 갑자기 우리 집 전화벨이 요란해졌다. 휴대폰도 바쁘게 울린다. 축하 메시지가 며칠간 날아왔다.

기쁘면서도 한편 마음이 무거웠다. 특별히 귀감龜鑑이 될 만한 일을 한 것도 없는데 제자들과 '20년의 약속'을 지킨 것이 선정위원들의 마음에 와 닿았던 것 같다. 그리고 내가 작은 일이지만 재임 시에 울릉도 아이들에게 17년간 제공한 장학금이 액수는 적어도 상당한 기간 동안 아이들을 위한 것이 좋게 보였다. 또한 퇴임 후에 10년 가까이 친구의 도움으로 상당 액수의 장학금을 초중등학교에 전달한 것이 특이하다고 말했다. 대체로 학교를 떠나면 그만인데 계속 교육현장에 관심을 가지고 학생들에게 작은 도움이라도 주려고 노력한 것이 좋게 보였다. 교육부 주관 2016년 제35회 스승의 날 행상에 12명의 생존 이달의 스승이 초청되어 감사패를 교육부 장관으로부터 수여받았다. 또한 그동안 장학금을 제공한 친구는 2017년 제36회 스승의 날 경북교육청 행사에 초대되어, 경북교육감으로부터 그동안 어려운 학생들에게 장학금을 보내주어 고맙다고 감사패를 수여받았다. 중간에 전달한 내가 덩달아 기분이 좋았다. 친구는 지금도 매년 상당액의 장학금을 나에게 보내주어 초중등학교에 전달되고 있다.

'이달의 스승' 생각하면 감사한 마음이 가슴에 용솟음친다. 한편 마음에 무거운 짐도 생각한다. 나의 주위의 모든 사람들에게 감사한다. 특히 사랑하는 제자들 선후배 선생들 그리고 친구들에게 감사하는 마음을 가슴에 새겨둔다.

# 우연히 만난 제자

인생삼락 중에 천하 영재英才를 얻어 가르치는 것이 스승에게는 으뜸이라고 하였다. 하지만 그렇게 훌륭한 제자를 만나고 가르치기란 결코 쉬운 일이 아니다. 어언 교직을 퇴임한 지도 강산이 한 번 바뀔 정도의 세월이 흘렀다. 자연적으로 제자들의 이름도 잊어버리고 길거리에 만난다 할지라도 먼저 인사하지 않으면 모르고 지나칠 것 같다.

나는 교직 생활을 낙도 울릉도에서 상당한 기간 하였다. 원래 울릉도는 도서 벽지라 일정한 기간 있으면 자리를 비워야 한다. 벽지 점수 때문에 근무하려는 경합이 심하다. 내가 다른 사람보다 오래 근무하게 된 이유는 한때 벽지 점수가 거의 없어져서 희망자가 별로 없었다. 그런 연유로 나는 근 10년 가까이 근무하면서 아름다운 추억을 많이 간직하게 되었다.

울릉도는 내가 근무할 당시는 신비의 섬이라 하였다. 길도 거의 없고 차도 거의 없었다. 대부분 도보로 다녔으니 신비의 섬이라 할 만했다. 울릉도를 떠난 지 20년이 넘었다. 10년 전쯤에 울릉도를 다녀온 적이 있지만 그때는 그래도 개발이 덜 되었다. 지난 달 울릉도에 가보니 눈부신 발전이랄까 아니면 초개발이랄까. 울릉도는 너무도 변해버렸다. 내가 근무할 때는 자동차가 거의 없었다. 지금은 5천대가 넘는 차들이 연방 경적을 울리면서 달린다.

섬 일주도로는 일부 구간을 제외하고는 거의 완공되어 관광객들이 유람선을 거의 이용하지 않고, 일반 버스나 투어버스 또는 택시를 이용한다.

도착한 이튿날 태하 방면으로 여행을 하고, 저녁 식사를 전에 함께 근무했던 선생님의 안내로 자연산 회를 한다는 식당으로 가게 되었다.

자연산 횟집이라지만 대부분의 사람들은 양식養殖과 구분이 어렵다. 그러면 그러려니 하지 전문가가 아니면 구별이 쉽지 않다. 하지만 이 집은 직접 주인이 바다에 가서 작살로 잡아오고, 없는 날은 영업을 하지 않는다니 조금 신빙성이 가기도 한다.

자연산 회가 차려지고 막 시식試食을 하려는데 주인장이 "선생님 여기 웬일이십니까? 언제 울릉도에 오셨습니까?" 한다. 처음은 나와 같이 간 선생님에게 하는 말인 줄 알고 있으려니 내 옆에 와서 꿇어앉아서 큰절을 하면서 인사를 한다. 나를 데리고 간 선생님도 깜짝 놀라고 나도 어리둥절했다. 전혀 생각이 나지 않는 제자를 만난 것이다. 조금 난감했다.

주인장인 제자가 "선생님 저를 모르실 겁니다. 저는 학교 다닐 때 공부도 못하고 존재감이 없었습니다. 선생님께 공부 못한다고 기합도 많이 받고 꾸중도 많이 들었습니다." 오늘 식당을 잘못 왔구나 하는 생각이 들면서 자연산 회 맛이 없어지려 한다.

그런데 주인장 제자가 "선생님 제가 선생님께 기합 받고 꾸중을 들었기 때문에 사람이 좀 되었습니다. 제가 술을 한잔 올리겠습니다." 마음이 놓인다. 잘 먹지 않는 술이지만 잔을 받았다. 그러고 세 사람이 위하여 하면서 단숨에 마셔버렸다. 그리고 잔을 제자에게 주면서 "자네를 이렇게 만나서 너무 반갑네. 그러고 학창 시절에 받은 기합과 꾸중은 오늘 다 잊어버리게." 하면서 술잔을 권했다.

세 사람이 주거니 받거니 하면서 식당에 손님이 다 갈 때까지 이야기꽃을 피웠다. 주인장 제자와 이야기를 나누어보니 근 30년 전 화면이 서서히 살아났다. 그때의 실장은 누구였고 반에 누구와 누가 있었고 소풍은 어디로 가고 등 사라졌던 기억이 거의 복원되었다. 고등학교를 졸업하고 직업전선에 뛰어들어 처음은 고초가 많았다. 울릉도에 관광 온 아가씨를 사귀어 결혼하게 되어 온갖 고생을 무릅쓰고 일하고 노력하여 이제는 남부럽지 않은 기반을 잡았다. 지역 사회의 청년단체장을 맡을 정도로 지역의 신망을 얻었다.

주인장 제자가 대견스럽다. 이야기를 나누다 보니 전복 회를 비롯해서 정말 울릉도에서 잡히는 자연산 회를 분에 넘치도록 대접

받았다. 아무리 계산을 하려 해도 한사코 모처럼 선생님을 대접한다고 우겨서 받기로 했다. 함께 간 선생님은 몇 년차 울릉도에 근무하면서 그 집에 단골이며 오늘처럼 어리둥절하고 기분 좋은 날이 없었다고 하였다. 등 넘어 숙소로 오는 길에 기어코 차를 내어서 우리 둘을 데려다주고 갔다. 모처럼 오래된 제자를 우연히 만나 지난날을 회상하며 아름다운 추억을 새겨 보았다.

# 정든 땅—울릉도

타향도 정이 들면 고향이라 한다. 그래도 본고향에 대한 향수는 잊을 수 없다. 타향살이를 많이 하는 사람은 고향이 더욱 그립다. 고향의 전경이 꿈에라도 보고 나면 더더욱 그리워진다.

나는 중학교 다닐 때부터 타향살이가 시작되었다. 기차로 한 시간 정도 거리라서 통학도 하였지만 하숙을 하기도 하고 친척집에 얹혀서 살기도 하였다. 그때부터 시작된 객지 생활이 평생을 타향에서 지내게 되었다.

하숙 자취 기숙사 가정교사 군 생활 직장 등 타향살이에서 겪어야 되는 일상이다. 군 생활까지는 사회생활이 아니었다. 준비과정이었다.

직장생활을 하면서 본격적인 타향살이가 시작되었다. 나는 교직에 입문하여 고향 부근에 오려고 생각했지만 여건이 여의치 못했다. 나의 고향은 급지級地가 높아서 초년병 교사들에게는 그림의 떡이었다. 조금 세월이 지나니 선배들이 가급적 고향에 가지 말라고 일러주었다. "사사士師는 고향에 가지 말라."는 성서聖書의 말을 들려주었다.

생각을 바꾸었다. 교직 생활을 순탄하게 하기 위해서 넘어야 할 고개가 하나 있었다. 도서 벽지 근무를 할 수 있다면 가점加點이 주어진다. 바늘구멍 같은 승진과 이동 등에 유리하다. 하지만 희망한다고 다 되는 것이 아니다. 역시 여건이 맞아야 갈 수 있다. 또한 운이 좋아야 갈 수 있었다. 아무리 여건을 다 맞추어놓아도 자리가 없으면 못 가는 것이 도서벽지 근무다. 그래서 나온 말이 운이 좋아야 된다고 했다.

나는 교직 생활에 운이 좋았다. 울릉도 근무를 희망했는데 당년에 가게 되었다. 어떤 사람은 몇 번을 도전해서 가게 되고, 심지어는 본적을 울릉도로 옮기기도 한 사람도 있었다. 물론 본적을 옮긴다고 가점이 있는 것은 아니었다.

이별 중에 배로 이별하는 것이 제일 싫다고 한다. 뱃고동 소리도 처량하지만 천천히 부두를 빠져나가는 배의 꼬리를 오래 보고 있으면서 손을 흔드는 모습은 비정하다. 울릉도 근무 첫해는 가족들이 함께 가지 못했다. 눈이 춘삼월인데도 그칠 줄을 모르고 계속 내려서 미끄러운 길을 다니느라고 엉덩방아를 하루에 몇 번씩 찍었다. 현충일 날 성인봉에 올라가 보니 그때까지도 잔설殘雪이 있었다. 나는 울릉도에 근무하면서 평생 먹을 오징어를 먹어두었고, 평생 볼 눈 구경을 하였다고 입버릇처럼 자랑할 때가 더러 있었다.

어느 해 겨울 아침에 눈을 떠서 TV를 켜니 울릉도에 눈이 102cm 왔다고 보도한다. 깜짝 놀라서 창문을 여니 산천이 하얗다. 바깥문을 열어보니 눈에 밀려서 열리지 않았다. 겨우 문을 밀치고 나가보니 사람들이 눈을 치우느라고 삽 소리가 쨍그랑거린다. 학교는 휴교령이 내리고 섬 전체가 눈에 묻힌 듯이 조요照耀하다. 딸아이를 데리고 학교 운동장에 나가보니 눈이 나의 가슴팍에 온다. 거의 딸아이 어깨까지 눈이 쌓인다. 신기하게도 오후가 되니 눈이 거의 녹아버렸다. 설국雪國이 따로 없었다. 바로 울릉도가 눈 나라였다.

산을 좋아하는 나는 틈만 나면 산으로 바다로 하염없이 다녔다. 아이들도 나를 잘 따라주어 학교생활도 지루하지 않았다. 이듬해 가족들이 울릉도에 모두 모였다. 모두 해봐야 세 사람이다. 엄마는 아직 공부가 끝나지 않은 동생들을 데리고 대구에서 셋방살이를 하느라고 고생이었다.

일단 가족이 오고 나니 마음에 여유를 찾았다. 1년 2년 세월이 금방 흘러갔다. 4년 차 도서벽지 정책이 바뀌어서 도서벽지 근무 가점加點이 거의 없어져 버렸다. 약삭빠른 사람들은 육지로 줄행랑을 놓아버렸다. 나는 곰곰이 생각했다. 꼭 승진하고 출세해야만이 훌륭한 교육자인가? 상당한 기간 동안 고민해보았다. 그렇지 않다는 결론을 얻기까지는 시간이 걸렸다.

헨리 반 다이크Henry Van Dyke의 「무명교사」라는 시를 생각했다.

이름난 교육자는 새로운 제도를 계획하나
청소년을 정성껏 가르쳐 이끌고 사랑으로 기르면서 인도함은
오직 무명교사가 틀림없네.
그는 고난과 더불어 살리라 모호하고 불만족한 그 속에서
그를 위해 불리는 나팔도
기다리는 마차도 황금의 훈장도 정해있지 않으나
그는 어둠의 근원과 무지의 도랑을 파헤치리라.


　대부분 교사들은 무명교사로 살아간다. 하지만 그들에 의해서 교육은 발전된다.

　이왕 멀리 울릉도까지 가족들과 함께 온 것 어디 가도 받는 월급은 같다. 어디 가도 가르치는 제자들도 별반 다를 바 없다. 좀 더 있다가 가리라. 그렇게 생각하고 지낸 세월이 8년이었다. 그동안 도서벽지 지역에는 학부형들이 불만이 많아졌다. 사고事故 교원들이 하처로 오게 되었고 초임자도 발령이 났다. 아무나 희망하면 거의 오게 되었다. 교사의 경쟁력이 없어졌다. 빨리 섬을 떠나려고 마음을 먹으니 자연적으로 사명감이 결여되고 교육력이 약해졌다.

　민원이 관계 요로에 계속 올라가서 도서벽지에 대한 재고再考가 이루어졌다. 도서벽지 수당을 조금 더 준다고 근무를 희망할 사람은 거의 없다. 인사人事에 고려가 없으면 도서벽지 희망자는 거의 없다고 봐야 한다. 물론 가끔 페스탈로치 같은 사람이 있을 수도 있다.

8년의 근무를 마치고 육지로 오게 되었다. 그동안 정든 사람이 무척 많았다. 계속 담임을 하였으니 제자들과 학부형 등 아는 이가 많아졌다. 떠나올 때 도동항에 울음바다가 되었다. 교회의 교우들을 비롯해서 전송객이 가득했다. 오늘 배에 누가 나가느냐고 선상船上에 사람들이 웅성거렸다. 흐르는 눈물을 감추고 멀리 도동항이 보일 때까지 손을 흔들었다. 8년의 울릉도 근무는 남은 나의 교직 생활을 보람되고 즐겁게 해 주었다. 웬만한 어려움은 쉽게 이길 수 있었고 주위의 동료들도 부러워했다.

고진감래苦盡甘來라는 말이 생각날 때가 더러 있었다. 20년 후에 제자들과 다시 만나기로 약속했기 때문에 영영 이별은 아니었다.

2004년 8월 1일 첫해 만났던 제자들과 만남의 약속이 이루어졌다. 20년의 약속! 감개무량했다. 나의 마음에 그대로 남아있는 아름다운 추억들! 늘 생각해도 그리운 얼굴들! 마음의 고향 정든 땅 울릉도!

# 제17회 세계잼버리 회상回想

1991년 강원도 고성 설악산에서 개최된 제17회 세계잼버리는 그 당시 지도자들에게는 부푼 꿈이었다. 세계잼버리 참석이 쉬운 일이 아니다. 우리나라에서 열리니 가능한 일이지 외국에서 열리면 참가하기가 쉽지 않다.

1990년 제8회 한국잼버리가 세계잼버리 준비 차원에서 설악산에서 열렸다. 연맹은 세계잼버리를 성공리에 대회를 개최하기 위해서 예행연습을 해보는 것과 다를 바가 없었다. 한국잼버리에는 대원들은 거의 참석하지 않고 지도자들이 대부분 참석하여 시행착오가 생기지 않도록 사전 연습을 해보았다.

나는 본부 공연 팀에 배정되어 별로 할 일이 없었다. 공연전문가가 몇 명 있었다. 그들을 보조하면 되었고 일이 많지 않아서 몇몇 지도자들이 시간을 내어서 부근 관광지를 탐방해보기로 하였다.

마침 그 당시 전두환 전前 대통령이 부근 백담사에 유배되어 있었다. 한번 가보기로 하였다. 차 한 대에 다섯 명이 타고 아침 일찍 나서서 갔다. 가까운 거리가 아니었고 백담사 입구 주차장에서 약 8km를 걸어서 가야 했다. 땀을 비 오듯 흘리면서 걸었다. 막상 도착하니 전 대통령이 방문객들과 만나는 시간이 지나버려서 사찰 경내 출입이 되지 않았다. 우리 일행은 짜증이 나고 먼 길을 온 것이 화가 났다. 면회는 안 되어도 경내는 들어가 봐야 하는 것 아닌가.

입구 초소에서 우리 일행과 경비원들과 실랑이가 벌어졌다. 우리 일행 중에 울산에서 온 지도자가 고함을 지르고 소동이 벌어졌다. 경비원들이 우리를 부르더니 달래듯이 이야기한다. 우리는 제복을 입고 있었고 세계대회의 운영요원이라고 다시 소개를 하였다. 초소에서 여기저기 전화를 하더니 출입을 허락해주었다. 조용히 한 시간만 경내 출입이 허용된다고 하였다. 전 대통령의 면담은 이루어지지 않았다. 경내를 한 바퀴 돌고 전 대통령이 일반인을 만나는 장소에도 가보고 돌아왔다. 백담사는 시인 한용운이 오래 동안 있었던 곳으로 유명하다. 또한 천상 요새 지역이다. 우리가 걸어온 입구로 들어가지 않으면 접근이 불가능하다.

나는 잼버리장에 전 가족이 모두 참석하여 집 걱정이 없었다. 초등학교 일학년 아들 녀석은 우리 단의 심부름꾼으로 제 몫을 톡톡히 하였다. 아예 자전거를 하나 구해주어서 잔심부름을 다 해주었다. 저녁으로 설악산 지하수로 샤워를 하고 나면 모든 피로가 완전히 사라지고 아침에 또 샤워를 하고 나면 하루의 일과가 경쾌하게 시작되었다. 아직도 마치 얼음을 녹인 것 같은 그 차고 시원한 설악산 물이 그립다.

다음 해 세계잼버리가 열리기 이틀 전에 대원들과 함께 입소했다. 경북 우리 단에는 개척물이라는 어려운 과정이 부여되었다. 우리 팀이 담당하는 개척물은 세줄 다리였다. 세계 130여 개국에서 지도자와 대원들이 모였으니 설악산이 온통 황금물결이 되었다. 각국마다 시설도 특색이 있고 조용하던 산천이 도시를 방불케하는 불야성不夜城이 되었다. 우리 대에는 스위스 대원들이 함께 야영을 하게 되었다. 스위스 대원 약 30여 명이 함께 야영을 하게되어 신경이 쓰였다. 나에게 통역 업무까지 부여되어 생활이 쉽지않았다.

스위스 대원들은 외국어에 능통했다. 지도자들은 보통 3개 국어를 거침없이 사용하였다. 지리적 여건으로 프랑스어 독일어를대부분 학생들은 마스터하여 사용한다니 부럽기도 하였다. 인솔 지도자는 의대생이었다. 그는 친절하고 다정하며 한국에 관심이많았다. 나와 이야기를 많이 나누었다. 귀국하고 상당한 기간 동안 나와 편지를 주고받았다. 그들은 개방적이며 남녀 대원이 사귀게 되면 지도자에게 사귄다고 말만 하면 포옹과 키스가 허락되었다. 처음은 우리와 문화 차이로 신기하게 여겨졌지만 그런 사실을알고는 덤덤해졌다. 대회를 마치기 하루 전날 스위스 대원들은 비박을 하게 되었다. 짐을 모두 정리하고 마치는 날 빠르게 움직이기 위해서 하는 조치 같았다.

밤바람이 차갑고 안개가 자욱하여 밖에 그대로 자는 그들이 마음에 걸렸다. 지도자를 불러서 나의 천막에 같이 있자고 했더니 대원들과 같이 있겠다 했다. 책임감이 강했다. 나는 아침 일찍 일어나서 그들을 살펴보았다. 찬 이슬을 맞으며 밤을 새웠지만 그들의 얼굴은 밝았다. 곧 그들은 반장을 중심으로 모이더니 기타를 치면서 노래를 불렀다. 금방 대 전체의 분위기가 명랑해졌다. 오랫동안 그 모습이 나에게 남았다. 지도자의 태도와 대원들의 협동심이 부러웠다.

나는 개척물 과정에도 외국 대원들이 오면 영어로 설명을 해주고 시범을 보이고 질문을 받아주고 바쁜 일정이었다. 대회가 시작되고 이틀이 지난 후부터 조組를 짜서 교대 근무를 하게 되어 쉬는 날은 다른 나라 영지를 방문해 보았다. 지도자를 만나 이야기를 나누고 우리나라에 대한 소감도 들어보았다. 82년 무주 덕유산의 국제 야영대회에 비하면 우리나라는 세계가 놀랄 정도로 모든 것이 달라졌다. 이제 어느 나라와도 어깨를 나란히 할 정도로 발전되었다. 각종 야영장비나 대원들의 수품도 선진국 못지않았다. 여러 외국 대원들이 우리나라 대원들에게 수품을 교환하지고 졸라대어서 즐거운 비명을 질렀다.

나는 개척물에서 외국 대원들이 도착하면 먼저 인사를 나누고 수품을 교환하기를 원하는 대원끼리 바꾸라고 했다. 아이들은 좋아했다. 개척물은 설명을 간단히 하고 체험 시간을 많이 주었다. 지도자들과 대원들이 모두 좋아했다.

선진국과 개발도상국의 영지를 방문해보면 확연히 차이가 났다. 선진국의 영지는 여유가 있었다. 손님을 맞이하는 여유도 있고 차를 한잔 대접해도 여유가 있었다. 개도국은 뭔가 여유가 없어 보였고 조금 초라하게 보이기도 하였다. 모든 것이 국력國力이라는 생각이 지나갔다.

쉬는 날 외국 영지를 방문하다가 네덜란드 영지에 도착하니 여자 대원이 나를 부른다. 왜 부르는가 해서 가까이 가니, 손으로 우리나라 군인 한 명을 가리키면서 다른 데로 가라고 말해주라고 한다. 신기해서 왜 그러냐고 물으니 거의 낮에는 자기들 영지 옆에 와서 지켜보아 불편하다는 것이다. 대회가 있는 동안 영지 주변을 육군 일개 대대가 경비 근무를 하고 있었다. 낮에는 특별한 일이 없으니 병사들에게 자유 시간이 주어졌다. 이 병사는 외국인을 자주 보지 않았고 그들이 거의 수영복 차림으로 일광욕을 하는 것이 신기해서 계속 보고 있었던 것이다. 내가 병사를 불러서 자초지종을 물으니 얼굴이 벌게지면서 싱글벙글 웃기만 했다. 이 대회는 국위를 선양하는 중요한 대회이며 상대편이 불편해하면 행동을 삼가는 것이 좋다고 타이르니 고개를 숙이면서 자리를 떠났다.

나는 1991년 제17회 세계잼버리를 기점으로 우리나라가 세계에 선진국 대열에 곧 들어갈 수 있다고 확신하게 되었다. 연거푸 2년 동안 설악산에서 약 한 달가량 숙식을 하게 되었다. 아마 전문 산악인도 한 달씩 설악산에 숙식을 한다는 것은 쉬운 것이 아니다.

그 후 나는 스카우트 100주년 기념으로 2007년 7월에 길웰 파크Gillwell Park에서 열린 제21회 영국 세계 잼버리 참관해 보았다. 감개무량했다. 그동안 스카우트 활동을 해온 것이 보람이 되었다. 여생 동안도 늘 스카우트 정신을 잊지 않고 감사하는 마음으로 살 것이다.

5

# 여행의 조건

# 가슴 사랑

뜨겁게 사랑하거나 의미 깊게 사랑하는 것을 가슴으로 사랑한다고 말한다. 연인들이 마음으로 사랑한다기보다 가슴으로 사랑한다면 더 차원이 높아 보인다.

여행은 어디로 가느냐도 중요하지만 누구와 가느냐가 더 중요하다. 특히 장기 외국 여행을 마음이 맞지 않은 사람들과 가게 되면 스트레스만 쌓이고 돌아오고 나면 추억이 없을 수도 있다.

서울의 친구들이 부부 10명이 가까운 베트남 다낭으로 여행을 가자고 연락이 왔다. 지난 2월에 베트남 하롱베이를 여행하고 와서 별 가고 싶은 마음이 처음에는 없었다. 하지만 친구 따라 강남 간다고 친구들이 함께 가자는데 부부가 가기로 하였다. 저가低價 여행상품을 골라서 예약을 마무리했다고 송금을 하라고 전갈傳喝

이 왔다.

저가 여행은 염려스러운 것이 몇 가지 있다. 숙박과 음식이 어떨까? 안전한 여행이 될까? 또 한 가지는 현지에 옵션이 얼마나 나오며 강요하지 않을까? 그래도 친구들이 한결 걱정 말라고 일러주니 지방에 있는 나로서는 공연한 걱정을 접기로 했다.

약속한 날 인천 공항에 친구들 부부 10명이 모였다. 4박 5일 짧은 여행이다. 다낭은 월남 전쟁 시에 한국군이 승전보를 많이 울린 곳이다. 행여 한국 사람에 대한 적대감이 없을까 염려했지만 세월이 다 해결해주었다. 현지에 도착해서 하룻밤을 자고 아침을 먹고 여행이 시작되니 가이드가 옵션을 설명한다. 염려하던 것이 오고 말았다.

전체 여행경비의 약 삼분의 일 정도의 옵션을 강압적으로 요구하는 것이다. 약간의 각오는 하였지만 심했다. 우리 일행은 회의를 하여서 일체의 옵션을 하지 않기로 하였고 가이드에게 통보하였다. 가이드는 노골적으로 불만을 터뜨리면서 원만한 여행이 되기 어렵다고 으름장을 놓았다.

우리는 못 들은 척 태연하였다. 저녁 무렵 가이드가 협상을 해왔다. 마지막 날 한 가지만 참여하기로 하고 타협이 되었다. 이튿날 저녁 강에서 소원등을 띄우는 것이 옵션으로 30불에 한다고 하기에 우리는 구경을 가보았다. 현지인에게 물어보니 소원등 하나에 2불이라고 말해주었다. 정말 심하다는 생각이 들었다.

국내외 가이드들에 대한 자격증[License] 부여와 엄격한 심사와 관리가 필요하다고 느꼈다. 여행안내는 그 나라의 얼굴이 될 수 있다. 여행객이 제일 먼저 접하는 사람이 가이드라면 첫인상이 될 수 있다.

자유 여행을 하던 패키지로 가든지 가이드를 만날 수 있다. 그 나라에 대한 이미지가 안내에 따라 달라질 수 있다.

다낭 후예 지역에 고궁을 관람하게 되었다. 옵션으로 20불에 궁 안에 도는 차를 타고 다니면서 설명을 듣는 것과 걸어 다니면서 보는 방법이 있었다. 우리 팀은 걷기로 했다. 한국 가이드는 차를 타고 가는 사람들을 인솔해 가고 우리 팀에는 현지 가이드가 안내했다.

한국말이 서툰 현지 가이드는 우리를 데리고만 다니지 설명이 없었다. 그저 보고 느꼈다. 내가 현지 가이드에게 한국말로 몇 마디 건네 보니 겨우 인사 정도만 가능했다. 하지만 그는 친절을 다하며 사진을 찍어주고 앞에 서서 우리를 잘 안내하려고 애를 쓰는 모습이 기특했다. 나이가 몇 살이냐고 물으니 손가락으로 스물다섯이라고 말했다. 결혼은 하지 않았고 사귀는 아가씨가 있다고 말했다.

내가 아가씨가 이쁘냐고 물으니 조금 쑥스러운 듯이 고개를 끄덕였다. 고궁의 뒤안길은 어디나 비슷하다. 조금 아늑하며 약간 쓸쓸하기도 하다. 뒷길을 돌아 들어가면서 현지 가이드가 나를 부른다.

팀원들과 거리가 조금 떨어졌다. 사귀는 아가씨의 사진을 휴대폰에서 나에게 보여주었다. 내가 엄지손가락을 치켜세우면서 미녀라고 말하니, 그는 함박웃음을 짓더니 한 가지 더 보여 줄 것이 있다면서 나를 큰 나무 뒤로 데리고 갔다. 그는 자기 가슴을 활짝 열더니 문신을 보여주었다. 조금 전에 보여준 아가씨 사진과 어떠냐고 물었다. 꼭 닮았다. 휴대폰에서 본 자기의 연인이라고 말하면서 아무에게도 말하지 말라면서 손으로 입을 쉬했다.

나는 순간 깜짝 놀랐다. 사랑하는 사람을 정말 가슴에 품고 다니는 사람을 처음 보았다. 조금 걸어서 건물 하나를 지나니 "형님!" 하면서 나를 부른다. 신기하다 우리말 형님을 안다니. 그는 통화 중인 휴대폰을 나에게 보여준다. 자기 연인과 영상통화를 하다가 나에게 인사를 시킨다. 나는 손을 흔들면서 인사를 했다. 가슴에서 본 그 아가씨다. 그는 신바람이 났는지 아주 명랑하게 우릴 잘 데리고 다닌다.

젊은이들이 서로 사랑하는 까닭이 조금씩 다르겠지만 상대의 모든 것을 사랑할 수 있다면 가슴에 품고 다닐 수 있지 않을까?

시인 한용운 사랑하는 까닭을 "다른 사람은 나의 미소만 사랑하지만 당신은 나의 눈물도 사랑하는 까닭"이라고 했다.

내가 보기에 그들은 가난해 보였다. 한 푼을 벌어보겠다고 타국인을 데리고 다니는 것이 힘들고 눈물겹지만 미소를 지어 보이며 친절을 다했다. 가만히 생각해보니 감사하다. 내가 그에게 관심을 조금 보이니 그는 자기의 심중을 다 보여주었다. 가슴에 묻고 다니는 사랑하는 사람을 자랑하였다. 그들은 서로 눈물을 아껴주고 가슴으로 사랑하는 사람들 같았다. 여행에서 돌아오고도 마음에 깊이 남아있다. 가슴으로 사랑하는 것을 보여준 가슴 사랑, 오래 남아있다.

# 가깝고도 먼 나라

　우리는 흔히 일본을 가깝고도 먼 나라라고 말한다. 지리적으로
는 가까운 나라이지만 우리 국민 정서적으로는 먼 나라이다. 임진
왜란과 일제 36년의 식민지 통치가 아직 마음에 남아있기 때문이
다. 과거를 청산하고 이웃나라로 지내자고 말은 하지만 현실은 쉬
운 것이 아니다. 일본은 위안부 문제와 독도문제 등 우리 국민이
바라는 대로 깔끔하게 정리해주지 않는다. 위안부 문제는 어느 정
도 정부 간에 정리되었다가 근래에 정부 간에 불협화음이 일어나
고 있다. 일본의 진정한 사과와 반성이 보이지 않는다는 것이다.
독도는 기회가 오면 탈취하려는 의도가 엿보인다. 그래도 이웃인
데 가까이 지내기는 해야 하는데 갈 길이 멀다.

　일본은 가깝기 때문에 여행하는 사람들이 제법이다. 한때는 일

본 여행을 하고 오는 길에 전자제품과 화장품을 사 오는 사람들이 상당했다. 근래는 굳이 일본 제품을 사 오려고 애쓰는 사람들이 많지 않다. 우리나라 제품들이 일본에 못지않기 때문이다.

일본 여행을 몇 차례 하였다. 처음은 오사카에서 나라시로 교토로 동경으로 관광을 하였다. 일본에 대한 감정이 좋지 못했지만 보고 느낀 것이 그 당시는 적지 않았다.

이번에는 친구들이 부부 열 명이 자유투어로 열흘간 거의 일본 전역을 다녀보는 여행을 하였다. 외국인에게만 판매되는 JR ticket을 구입해서 신간센이 다니는 곳은 어디든지 갈 수 있었다. 일본을 잘 아는 친구의 안내로 쉽게 다닐 수 있었다. 겨울이라 온천을 자주 하였다. 일본 최고의 온천장 중에 하나인 '보봐리 베츠 온천'에서 하룻밤 지냈다. 모처럼 다다미방에서 하루를 보냈다. 손님을 맞이하는 일본인들의 태도가 지나칠 정도로 친절하다. 3일 후에는 일본인들 중에 조용한 곳을 찾는다는 '하나마키' 온천장에 들렀다. 산중에 온천장 세 곳이 나란히 붙어 있으며 세 온천장을 자유로이 드나들 수 있었다. 한 번에 세 곳 온천장을 경험해 보는 일이 쉬운 것이 아닌데 즐거운 시간을 보냈다. 아침 일찍 일어나서 주변 산책도 좋았다.

여행을 하면 그 나라의 좋은 점과 나쁜 점이 눈여겨보아 진다. 특히 일본은 세심히 보았다. 미운 나라지만 배울 점이 적지 않다. 그들은 정직하다. 물건 하나를 사도 믿을 수 있다. 타인에게 폐를 끼치지 않는 것이 그들의 미덕이다. 초등학생이 아침에 등굣길에 나서면 어머니는 아이에게 남에게 폐를 끼치지 않도록 당부한다니 본받을 일이 아닌가. 그들은 타인에 대한 배려심이 강하다. 그들은 입버릇처럼 "아리가토 고자이마스"와 "스미마셍"을 연발한다. 감사합니다. 미안합니다. 두 가지 말이 습관처럼 몸에 배어 있다. 있다고 건방을 떨거나 으스대지 않는다. 겸손하다.

이번 여행은 자유 투어이므로 특히 옵션이 없었다. 패키지여행을 하다 보면 꼭 점포에 들러서 물건을 사도록 강권할 때가 적지 않다. 그런 일로 가이드와 여행객이 실랑이가 벌어지기도 한다. 관광 당국이 해외여행에 옵션을 없앤다고 한번 말하더니 조용해졌다. 여행사의 하소연을 들어주었는지 알 수는 없다. 적절한 여행비를 받더라도 옵션이 없어져야 된다.

세계 3대 야경 중에 하나가 일본의 '하코다테' 야경이라 한다. 인구 30만 정도 도시가 세계적인 명성을 얻었다니 놀라운 일이다. 밤에 전망대에 올라보았다. 절로 감탄이 나온다. 그날따라 달도 떠 있어 더욱 경치가 돋보였다. 또한 그곳에 떡집이 유명하다. 아침 일찍 방문했지만 벌써 손님들이 드나들고 남은 자리가 많지 않았다. 벚나무들이 정원을 가득 메워서 봄이 되면 주변 경관이 훨씬 아름답다는 것을 짐작할 수 있었다.

일본을 여행할 때마다 거리가 깨끗하고 질서 정연한 그들의 생활습관에 부러움을 느낀다. 하루아침에 된 것이 아닐 것이다. 오랜 세월 동안 서로 지키고 양보하면서 이루어낸 전통이라고 생각된다. 종일 거리를 다녀도 신발에 흙먼지가 그렇게 많이 묻지 않는다. 거리가 깨끗하기 때문이다.

그들은 누가 보든 말든 지키는 것 같다. 그래서 선진국이라는 호칭을 얻은 것 같다. 우리도 멀지 않아 그렇게 되기를 기대하며, 일본이 진정으로 지리적으로뿐만 아니라 심정으로도 가까운 나라가 되기를 기원해본다.

# 여행의 조건

　　삶이 풍요로워지면 여행을 즐기는 사람들이 늘어난다. 연휴가 길면 공항이 넘쳐난다. 국내여행을 하는 사람도 있지만 해외여행을 떠나는 사람이 부쩍 많아진다. 해외여행이 자유롭지 못하던 때는 외국을 드나드는 사람들이 무척 부러웠다.

　　김찬삼 씨는 '동양의 마르코 폴로', '여행의 신' 등으로 불리는 한국 해외여행의 선구자이다. 1958~61년 제1차 세계일주 여행을 하였고 1988년에 이르기까지 30여 년 동안 3회의 세계 일주와 20여 회의 테마여행을 하여 160여 개국, 1,000여 개의 도시를 방문하였다. 이를 거리로 환산하면 지구를 32바퀴 돌고 14년간 여행한 것이다. 그는 "문명지보다는 비문명지를, 잘사는 사람보다는 못사는 사람을 찾아 나선다."는 여행원칙을 갖고 오토바이나 자전거로

캄보디아·네팔·인도·에티오피아 등 당시로서는 생소한 곳을 다녔으며, 여행지와 그곳에서 만난 사람들에 관한 이야기를 기록으로 남겼다. 세계여행을 하고 와서 매스컴에 보도되고 책도 펴낸 이는 김찬삼 씨가 처음이 아니었나 기억된다.

해외여행을 하려면 우선 몇 가지 선행조건이 필요하다.

첫째 건강해야 된다. 건강하지 못하면 시차 숙식 등 여행지에 빨리 적응하기가 쉽지 않다. 매일 강행군으로 다닐지도 모르는 관광지 답사 등 건강이 반드시 따라주어야 즐거운 여행을 할 수 있다. 지인 한 사람이 아버지의 칠순을 맞이하여 부모를 가까운 나라에 여행을 보내드렸다. 소위 효도관광을 시켜주었다. 어머니가 약간의 지병이 있어 가지 않으려는 것을 달래서 부부가 함께 떠났다. 부모를 효도관광으로 보내드리고 나니 흐뭇했다. 그런데 며칠 후에 엄마가 화장실에서 미끄러져서 뇌진탕으로 사망했다는 비보가 왔다. 그 나라는 시신이 반출되지 않아 화장해서 잿봉지가 날라 왔다. 효도는커녕 불효막심한 사람으로 낙인찍히게 되었다. 하지만 그의 효심을 아는 주위 사람들이 그를 위로하고 달래주었다.

둘째는 경제적 여건이 허락되어야 다닐 수 있다. 여행경비를 비롯한 사소한 뒷돈이 들게 된다. 젊은이들 중에는 해외여행을 가고 싶지만 돈이 없어가기 어렵다고 말하는 이도 있다. 재임 시에 젊은 여선생 한 분이 방학 중에 부부동반 해외여행을 간다고 결재를 받아가면서, 경비가 많이 들어 부담이라고 걱정하면서 떠났다. 여행을 다녀와서 여행지의 재미난 이야기도 들려주었다. 그는 여행을 가기 전에는 여행 경비 걱정을 많이 했는데 현지 가이드가 "여러분 다리 떨릴 때에 여행 다니지 마시고 심장 떨릴 때에 해외여행을 다니세요." 해서 일행이 웃기도 하고 생각해보니 맞는 말이라, 기회가 오면 대출을 내서라도 여행을 가고 싶다고 했다.

셋째 시간적 여유가 필요하다. 건강하고 돈이 있어도 시간을 낼 수 없다면 여행은 그림의 떡이나 마찬가지다. 휴가를 얻든지 연가를 내서라도 갈 수 있어야 가능하다. 직장생활을 하는 사람은 장기 해외여행은 쉽지 않다. 그래도 근무할 때 가는 여행이 별미처럼 재미가 있다.

세 가지 요건만 갖추면 대체로 해외여행을 갈 수 있다. 하지만 근본적으로 여행을 좋아하지 않는다면 여건이 갖추어져도 무용지물이다. 내 친구 한 명은 여행광이다. 김찬삼 씨보다 더 많은 나라를 여행하였다. 세계 180여 개국을 여행하였다니 자기 말대로 '여행 미치광이'다. 이런 여행 광팬이 우리나라에 약 50명 정도 있다고 한다. 그들은 서로 연락해서 목적지를 같이 동의하는 사람이 5명 정도만 되면 곧 출발한다니 정말 여행을 좋아하는 사람들이다. 물론 그들은 세 가지 요건이 언제든지 갖추어져 있어 출발하면 떠날 수 있다니, 여행을 좋아하는 사람들에게 부러움의 대상이다. 이 친구는 여행을 다녀오면 여행기록을 비롯해서 사진 등 보고 듣고 한 귀한 자료들을 묶어서 두툼한 책을 비매품으로 발간하여 친구들에게 보내준다. 내가 받은 책이 네 권이다.

반대로 해외여행을 무척 싫어하는 친구도 한 명 있다. 그는 밥도 먹기 어렵고 말도 잘 안 통하고, 힘들게 다니는 해외를 무엇 하러 가느냐고 하면서 국내 여행을 부부가 즐긴다. 국내 유명 관광지는 거의 다녀보았다고 자랑한다. 해외 구경은 TV를 보면 된다고. 사람마다 취향이 다르니 누가 옳은 것은 없다.

나는 여행을 좋아한다. 집에 며칠 있으면 역마살이 슬슬 꿈틀거린다. 가까운 곳이라도 나들이를 가야 한다. 우리나라 중산층 척도에 일년에 한 번은 해외여행을 가야만 중산층에 끼일 수 있다는 웃기는 이야기가 한동안 회자膾炙되었다.

가끔 해외여행을 하다 보면 단체로 여행을 가게 되어 본의 아니게 룸메이트가 정해지기도 한다. 다행히 마음에 드는 사람과 같은 방을 쓴다면 좋지만 꼭 그렇게 된다는 보장이 없다. 코를 심하게 고는 사람이나 예의가 전혀 없는 사람과 룸메이트가 된다면 여행은 즐겁지 않을 수도 있다.

해외여행은 상당한 기간 준비를 해서 떠나는데 그런 일이 생기면 후회가 남는다. 행선지도 중요하지만 동행하는 사람도 대단히 중요하다. 누구와 같이 가는가? 해외여행에 매너가 필요하다. 같이 가는 사람들을 배려할 줄 아는 예의가 중요하다. 단독 여행이 아니면 늘 동행인들을 생각해야 된다. 그리고 행선지에 대한 사전 지식이 조금 필요하다. 기후 풍속 등 조금은 알고 가야 실수를 예방할 수 있다. 또한 행선지에 통용되는 언어를 조금만 공부해서 가도 즐거움이 배가 될 수 있다. 위에 거론한 여행의 필수조건 세 가지에 나는 두 가지를 첨부하고 싶다. 네 번째 매너, 다섯 번째 언어를 넣고 싶다. 다섯 가지를 갖춘다면 더욱 즐거운 여행이 되지 않을까 생각한다.

# 빈손으로 가지 마라

음력 정월 초순이 되면 엄마 생각이 더욱 간절하다. 설날이 지나고 보름이 오면 엄마가 더욱 그립다. 나만이 느끼는 엄마병인가? 이제 나이도 엄마를 잊을만한데. 설 다음 날 모처럼 고향을 방문했다. 고향산천이 옛날 같지 않다. 고향 부근에 마을 앞뒤로 고속도로가 뚫렸다. 마을 앞 도로는 개통되어 차들이 쉴 새 없이 다닌다. 이제 마을 뒷산으로도 고속도로가 곧 개통한다고 마무리 작업이 한창이다. 고향산천이 달라져 버렸다. 또 중앙선 철도 복선 공사가 마을 앞으로 지나간다고 측량을 하고 확정되었다니 이제 옛날의 산천은 아니다. 옛 정취가 사라지니 애석哀惜하다.

고향에 들어서니 엄마 생각이 불현듯 난다. 어릴 때 음력 정월 보름날이 되면 엄마는 나를 데리고 바위 엄마에게 문안 인사를 드리러 갔다. 우리 마을 어귀에 바위 두 개가 서 있다. 조금 뾰족한 바위를 숫바위라 하고 펑퍼짐한 바위를 암바위라 했다. 암바위에게 나를 팔아서 나의 엄마가 되었다고 엄마는 일러주었다. 음식을 바위 앞에 두고 엄마는 두 손으로 빌고서 나에게 절하라고 하였다. 나는 영문도 모르고 엄마가 시키는 대로 하였다.

조금 철이 들어서 엄마에게 물어보았다. 바위가 어떻게 나의 엄마가 되며 왜 그러는지? 엄마는 어느 날 스님이 우리 집에 와서 시주를 받아가면서 "너를 마을 앞 암바위에 팔아라." 해서 그랬으며 "너의 장래가 좋아진다."고 일러주었다. 해마다 음력 정월 보름이 되면 엄마 손을 잡고 바위엄마에게 문안을 드렸다. 읍내로 이사 오고는 바위엄마는 잊었다. 종교가 달라지고 철이 들면서 엄마가 자식을 무한히 아꼈다는 사실은 알았지만 더 이상 바위엄마를 찾거나 절을 하지 않았다.

오늘 불현듯 지난날이 활동사진처럼 고향의 산천에 그려진다. 선조들의 산소를 돌아서 내려오니 마을 입구 엄마바위가 눈에 선하게 들어온다. 한번 안아보았다. 차가운 바위가 엄마 품처럼 따스하게 느껴진다.

그리고 엄마가 나에게 준 말씀이 회오리바람처럼 일렁인다. 타향살이로 친척집을 잘 드나드는 나에게 늘 당부하였다. "남의 집에 갈 때 빈손으로 가지 마라." 특히 어른이나 아이가 있는 집에는 절대로 빈손으로 가지 말고 무언가 먹을 것을 들고 가라고 일러주었다. 나는 엄마의 당부를 잊지 않았다. 지금도 나는 엄마의 가르침을 지키고 있다. 손님이 오면 어른이나 아이들은 손님의 손을 먼저 본다는 것이다. 세월이 흘러가 보니 엄마의 교훈은 나처럼 타향살이를 많이 하는 사람에게는 좋은 것이었다. 나는 친척집에 드나들면서 하룻밤 신세를 진 일도 여러 번 있었지만 밉상을 떨지 않은 것은 엄마의 부탁을 지킨 덕인 것 같다.

나 역시 손님이 우리 집에 오면 손을 보는 버릇이 생겼다. 이제 나이도 그렇지만 엄마의 교훈이 나의 몸에 배여서 그런 것 같다. 나는 승용차의 트렁크에 음료수 박스를 싣고 다닐 때가 허다하다. 행여 갑자기 손님이 되어 남의 집을 방문하게 되면 엄마의 말씀을 잊지 않으려고 준비해둔 것이다. 별것 아니지만 자그마한 선물이 사람의 마음을 이어주는 것 같다. 얼마 전에 일본 여행을 하고 있는데 전화가 왔다. 외국에서 전화를 받지 않으려고 차단해두어서 통화가 되지 않았다. 문자를 보냈다. 즐거운 여행을 하고 오라고 답이 왔다. 귀가해보니 사과 한 상자가 배달되어있었다. 일본에 있을 때 전화를 한 사람이 보내주었다. 서둘러 통화를 했다. 사과 밭을 만들어 올해 첫 수확을 했는데 나에게 한 상자를 선물로 보냈다. 무척 감사했다. 곰곰이 생각해보니 지난봄에 내가 멀리 있는 자기 집을 방문해준 답례라는 생각이 들었다. 나는 그때도 엄마의 말씀을 잊지 않았다. 첫 수확이라 양도 많지 않을 터인데 나를 잊지 않은 것은 엄마의 가르침을 내가 잊지 않은 것이라 확신했다. 나는 앞으로도 손님이 되어 갈 때는 엄마의 교훈을 잊지 않으며 빈손으로 다니지 않으리라 생각한다. 엄마의 따스한 사랑이 지금도 느껴진다.

# 이별 연습

회자정리會者定離, 만나면 반드시 헤어지게 된다는 말이 있다. 부모 형제 친구 등 사랑하는 사람도 세월이 흐르면 반드시 이별하게 된다.

이별도 연습이 필요한가. 이별이 오면 하면 되는 거 아닌가. 너무 갑자기 예상치 못한 이별이 온다면 보통 사람들은 감내堪耐하기가 쉽지 않다. 그래서 이별도 연습이 필요하다.

사랑하는 사람이 교통사고나 심장마비 같은 생각지 못한 죽음을 맞게 되면 감당하기 어려운 이별이 되고 만다.

이별이 꼭 죽음으로 마감되는 것은 아니다. 전시戰時에는 사랑하는 사람과 어쩔 수 없이 헤어져서 영원히 이별이 되고 말기도 한다. 생사를 알 수 없는 이별을 가끔 보게 된다. 한없이 기다리다가 지쳐서 체념하고 말기도 한다.

이별, 하면 대부분 청춘남녀가 사랑하다가 헤어지는 것을 연상할 수 있지만 꼭 그런 것은 아니다. 어떤 이별이든 이별은 슬픈 일이다. 이별의 노래를 보면 대부분 슬프게 들린다.

전남 장흥에 들러서 '한승원' 작가를 만났다. 그가 집필하고 있는 곳이 한승원 토굴이다. 왜 토굴이라고 하였을까. 토굴이라는 말이 불가佛家에서 도량이라는 말과 통해서 그렇게 이름을 붙였다고 한다. 한승원 작가는 이별 연습을 하고 있다고 한다. 이제 나이가 모든 사람들과 이별을 준비할 때가 되었다고 한다. 자기가 집필하고 있는 앞뜰에 자그마한 탑을 하나 세워 두었다. 탑 바로 옆에 부부가 시詩를 한 편씩 지어서 돌에 새겨두었다.

한승원 작가는 매일 시를 보면서 이별 연습을 한다고 했다. 「나무」라는 시에서 그는 "나 이르고 싶은 곳 푸른 내 고향 하늘 태허太虛입니다."라고 하늘을 바라보고 이별 연습을 한다. 죽으면 화장을 해서 탑 둘레에 뿌려 달라고 유언을 해두었다니 이별 연습이 대단하다. 부인 임 여사女史의 시도 아름답다. "달과 별과 해를 좇는 당신의 등만 쳐다보고, 당신의 그림자 밟으며 있는 듯 없고 없는 듯 있게 살았지만 나 그래도 행복했네."라고 적어두었다. 부부는 이별 연습을 한다고 하였다. 이제 만나지 못할 터이니 더욱 아껴주고 위해주는 것이 사랑 연습이 아니고 이별 연습이라고. 달과 별과 해는 진리라고 한다. 사람들이 염원하는 진리. 부인은 늘 남편이 진리를 추구하는 모습을 보면서 등 뒤에서 말없이 내조하는 것이 즐겁고 행복했다고 이제 이별 연습을 하고 있다.

철학자 니체는 "사람은 태어날 때부터 매일 자기의 무덤을 한 움큼씩 파고 있다."라고 하였다. 어쩌면 사람은 태어날 때부터 이별 연습을 시작한 것이다. 태어나면서 벌써 이 세상과 이별하는 준비를 하는 것이다. 어쩌면 이별이 별것도 아니다. 회자정리會者定離이니 만나면 이별하고 태어나자마자 무덤을 파두었으니 이별이란 세월이 지나면 오는 자연의 이치일 뿐이다.

# 정남진正南津

서울 광화문에서 정 동쪽이 정동진正東津이다. 정동진은 지명 자체가 정동진역이 있으며 널리 알려져 있다. 세계에서 가장 바다에 접해있는 역으로 기네스북에 올라있으니 이미 명성을 얻었다. 새해 해맞이할 때는 정동진 부근이 사람으로 장사진을 이루니 유명세를 탔다.

그러면 정서진은 어디인가. 굳이 지도를 보고 찾으면 인천 서구이다. 인천은 정동진에 비하면 개발이 미흡하다. 정북진도 지도를 보면 북한의 중강진이다.

정남진은 전남 장흥이다. 장흥은 정남진에 전망대를 세우고 관광지 개발에 안간힘을 쏟고 있다. 장흥은 부근 도시에 비해서 개발이 늦었다. 인근 보성은 녹차 밭으로 유명해졌고 강진은 다산

정약용의 유배지로 널리 알려져 있다.

하지만 장흥은 지역민들이 단체장을 중심으로 개발에 온 힘을 쏟아서 정남진이 이제 전국으로 알려지고 있다. '엄마 품 같은 장흥'이라고 캐치프레이즈를 걸었다. 관광객들에게 편안함을 주려고 백방으로 노력하고 있다.

개발의 걸림돌은 이권利權이 서로 첨예하게 대립할 때이다. 재래시장을 개발해서 리모델링을 할 것인가 또는 규모를 크게 해서 다른 곳으로 옮길 것인가 하는 문제는 지자체 단체장에게는 사활死活이 걸릴 수 있다. 또한 버스 정류장을 옮기는 문제나 화장장火葬場을 옮기거나 신설해야 하는 문제가 생기게 되면 단체장은 고민이 이만저만이 아니다. 여차 잘못했다가는 임기를 채우지 못할 수 있고 차기에 재선再選의 꿈을 접어야 할 수도 있기 때문이다. 대부분 단체장들은 자기 임기 중에는 골치 아픈 3장 즉 시장 정류장 화장장 문제를 조용히 덮으려 하기 마련이다.

장흥은 달랐다. 단체장을 중심으로 재래시장을 리모델링해서 5일장에 토요 풍물시장을 하나 더 개설해서 관광객들에게 한우와 표고버섯을 비롯한 지역특산물을 최대한 헐하게 편의를 제공하고 있다.

각 식당마다 소머리국밥 삼합 구이 등 지역 특산물을 이용해서 먹거리를 풍성하게 자랑한다. 편백나무 숲을 개발하여 청소년 수련장을 비롯하여 사람들이 쉴 수 있는 펜션을 지었고 올레길도 잘 조성했다.

관광지는 세 가지가 충족되어야 한다. 볼거리 먹거리 휴양 숙박

시설이 필요하다. 정남진은 세 가지 필요충분조건을 갖추기 위해서 노력을 하고 있다. 탐진강을 개발하여 식수는 물론 해결하였지만 시내 중심에 무지개다리를 설치하고 곳곳에 분수를 만들어 밤에도 산책을 할 수 있도록 배려하였다.

지역 출신 여자 골프선수 미셸 위를 기리기 위해 가로등을 골프채 모양으로 만든 것도 특색이다.

장흥은 문림의향文林義香의 고장이다. 전국 최초 문학관광기행특구로 지정되었고 이창준 송기숙 한승원 작가 등 기라성 같은 문인들이 배출되었다. 해산 한승원 작가가 글을 쓰고 있는 해산 토굴에 들러서 작가를 만났다. 아무 욕심이 없어 보이는 그는 애향심이 강하며 작가정신이 투철했다. 그는 토굴을 스님들이 수행하는 장소인 도량과 같다고 하였다. 토굴에서 작품 활동을 하는 것이 도를 닦는 마음으로 한다는 것이다. 군청에서 그를 위해 바닷가에 시비詩碑 거리를 조성하여 관광객들에게 즐거움을 더해준다.

정남진正南津은 출발은 늦었지만 이제 속도를 내고 있다. 아마도 멋진 명소名所가 되리라 기대해본다.

# 평화공원

모처럼 부산에 가게 되었다. 경부선 종착역 부산은 우리나라 제 2의 도시로 명실상부하다. 부두에 즐비한 수출용 컨테이너 박스는 우리 국민을 먹여 살리는 젖줄과도 같다. 부산釜山은 이름 그대로 산을 배경으로 이루어진 도시이다.

처음 우리나라가 개방되고 밤에 부산항에 들어오면 언덕에 옹기종기 지어진 집에서 불빛이 보이면 마치 큰 빌딩인 줄 착각을 했다는 에피소드도 있다. 이제는 판잣집들은 흔적을 감추고 빌딩 숲을 이루었다.

시티투어로 동백섬에 들렀다가 센텀시티Centum city에 위치한 세계 최대 백화점에 들러보았다. 센텀시티라는 말이 라틴어에서 100이라는 말을 알게 되었고 완성이라는 뜻과 최고라는 의미가 있다는 것도 알게 되었다. 센텀시티가 부산의 명소일 뿐만 아니라 우리나라 신개발 모델이기도 하다. 수영비행장이 옮겨가고 폐허처럼 버려졌던 지역이 멋진 도시공간으로 태어났다. 벡스코를 비롯한 영화 관광자원의 확충과 해운대 해수욕장을 연결해서 볼거리가 많아졌다.

귀갓길에 현충일이라 평화공원에 들렀다. 평화공원의 공식 명칭은 재한 유엔 기념공원United Nations Memorial Cemetery In Korea이다. 다시 말하면 6·25전쟁 시에 참전하여 전사한 외국인 군인들의 묘지이다. 봉안 유해 수가 2,300기이다. 초창기에는 묘지가 허술하게 보였다. 그러나 이제는 아름다운 공원으로 단장되었다. 누가 보아도 어떤 외국의 묘지에 비해도 손색이 없을 정도로 잘 다듬어졌다. 유엔이 지정한 세계 유일의 성지다.

유엔기념공원을 잘 관리하는 것은 대한민국의 국제적 위상을 높이고 참전용사들과 그 유가족들에게도 자부심을 갖게 한다. 2007년 근대문화재로 등록되어 방문객이 점점 증가한다니 반가운 일이다. 6·25전쟁에 전투지원국이 16개국이다. 그들이 자유와 민주주의를 위해서 만리타국에 와서 희생해 주었으므로 오늘의 우리나라가 있다. 유엔군이 참전해주지 않았다면 우리나라는 적화되었을 가능성이 적지 않다.

나는 서울 생활을 잠시 한 적이 있다. 그때 지방에서 친인척이 오면 다른 관광지보다 국립묘지로 안내를 자주 했다. 지금은 서울 국립현충원으로 이름이 바뀌었지만 처음은 국립국군묘지였다. 나는 무명용사 묘역에 가서 이런저런 생각을 많이 했다. 꽃다운 청춘으로 조국을 위해 목숨을 바친 그 숭고한 정신에 늘 머리가 숙여졌다. 그들의 희생이 오늘의 조국을 빛나게 했다. 그들도 젊은 나이에 개인의 꿈과 희망이 있었겠지만 국가를 위해서 희생된 것이다.

인류의 목표는 평화다. 민주주의와 평화는 피를 먹고 자라는 나무이며 지키기 쉽지 않다. 평화가 있어야 자유와 발전이 보장된다. 세계 곳곳에 아직도 총성이 멈추지 않는 지역이 허다하다. 전쟁을 하는가 하면 국제적 테러로 사람들을 불안하게 한다. 전쟁의 비참함을 인류를 알고 있다. 그럼에도 전쟁이 멈추지 않는 것은 인간의 탐욕 때문이 아니겠는가? 하루속히 세계 곳곳에 들리는 총성이 멈추고 평화의 종소리가 울려 퍼지기를 기원해본다.

6

# 그냥 가세요

# 사람 냄새

나이가 들면 외로워진다. 자식들도 형제들도 점차 멀어진다. 자식도 품 안에 있을 때 자식이지 머리가 커지고 나이가 들면 부모 품을 떠난다. 형제도 이웃도 점점 소원해진다. 사람 냄새가 그리워진다.

나이 들면 외출할 때 입 냄새를 살펴야 된다. 아니 몸 냄새도 단속을 해야 된다. 특히 젊은이들이 모이는 곳에 갈 때는 각별한 주의가 필요하다. 구취口臭와 체취體臭를 풍기면 슬며시 주위에서 사람들이 사라진다.

나이 들면 몸에서 왜 냄새가 날까? 과학적 근거는 알 수 없다. 또한 딱 꼬집어서 몇 살부터 냄새가 난다고 말하지는 않지만 하여튼 나이 들면 냄새가 자기도 모르는 사이에 나기 시작한다.

철인 니체는 "사람은 태어나면서 자기 무덤을 한 움큼씩 판다"고 하였다. 바꾸어 말하면 사람은 나면서 몸이 서서히 자라면서 한쪽은 조금씩 썩어간다는 말이다. 그러니 나이가 어느 정도 들면 냄새가 나는 것이 아닐까.

내가 중학교에 다닐 때 학교에서 그렇게 멀지 않은 곳에 화장장火葬場이 있었다. 날씨가 흐리고 비가 오는 날은 화장장 연기가 학교 부근으로 날아 왔다. 고약한 냄새가 학교를 뒤덮고 점심시간이 되면 아이들이 밥을 먹을 수 없다고 투덜댔다. 사람이 사람에게 주는 마지막 냄새였다.

그런데 근래에 사람 냄새가 그립다고 말하는 사람들을 주위에서 자주 만난다. 물론 땀 냄새나 노인들의 체취를 그리워하는 것은 아니다.

어쩌면 사람이 그립다는 것일 거다. 갑자기 고령사회로 접어들면서 노인들이 설 자리를 잃어간다. 환영하는 곳이 별로 없다. 심지어는 자녀들로부터도 버림받고 길거리로 방황하는 늙은이들이 늘어난다니 서글픈 일이 아닐 수 없다.

나는 10여 년 전부터 주말농장을 마련하여 시골에 드나들면서 사람 냄새를 알게 되었다. 내가 어릴 때 자랐던 그런 환경은 아니지만 그래도 농촌은 아직도 좋은 사람 냄새가 남아있다. 내가 베풀면 반드시 돌아오는 것이 시골 인심이다. 작은 것 하나라도 나누면 공짜가 없다.

서양 속담에 "가장 좋은 냉장고는 집안에 있는 것이 아니고 이웃이다."라는 말이 있다. 집안의 냉장고에 비록 냉동실에 보관해도 오래 두면 상할 수 있다. 하지만 이웃집에 나누어 준 것은 절대로 상하지 않으며 언젠가 돌아온다.

주말농장에 자그마한 집을 하나 지었다. 두 식구 살 정도 작은 집이다. 여름을 잘 못 이기는 나에게는 안성맞춤이다. 모처럼 밤하늘의 별을 보았다. 앞마당에 누워서 별을 본 것이 까마득한 옛날 일이다. 가만히 하늘을 쳐다보니 밤이 깊어갈수록 별 개수가 불어난다. 나는 신이 났다. 별 하나 나 하나 별 둘 나 둘…. 갑자기 어린아이가 되었다.

아침저녁으로 만나는 사람들에게 내가 먼저 인사를 한다. 인사는 먼저 보는 사람이 하면 된다. 꼭 나이 적은 사람이 먼저 해야 된다는 고지식한 마음을 가지면 잘못하면 외면당한다. 인사만 잘해도 무난히 지날 수 있다.

아무래도 도회지都會地보다는 아직 시골은 사람들이 순하고 정이 있다. 도회지는 사람들이 넘쳐나지만 서로 경계하기 일쑤다. 행여 무슨 낭패를 당할까 염려로 가득하다. 대부분의 아파트의 콘크리트 벽은 얼음처럼 서늘하다. 하지만 시골은 그런 일이 거의 없다. 산야도 푸르고 사람들의 마음도 푸르다.

오늘은 윗마을 김 씨네 농장으로 나들이를 갔다. 폰으로 연락을 하니 반갑게 오라 한다. 김 씨는 들깻잎 농사를 주로하고 다른 것도 제법이다. 이웃들이 사는 이야기를 들려준다. 건너 마을 할아버지가 위암으로 수술을 하였다는 이야기를 비롯해서 마을 노총각들이 많아서 걱정이라는 이야기까지 소소하게 알려준다.

저녁 어둠이 내려올 무렵 내가 일어서니 애호박 한 개와 들깻

잎 몇 묶음을 나의 손에 쥐어준다. 가벼운 발걸음으로 집에 도착했다. 아내는 나의 손에 들려진 귀한 선물을 받아 들면서 사람 냄새가 물씬 난다고 미소를 짓는다.

# 노후 체험

모처럼 그믐달을 보았다. 나도향은 "그믐달은 세상의 갖은 풍상을 다 겪고, 나중에는 그 무슨 원한을 품고서 애처롭게 쓰러지는 원부와 같이 애절하고 애절한 맛이 있다."고 하였다.

그믐달은 보기가 쉽지 않다. 초승달이 어린아이 같다면 보름달은 청장년 같고 그믐달은 노년老年과 같다.

노년은 쓸쓸하고 외롭다. 세상의 갖은 풍상을 겪어봐서 애처롭게 보이기도 한다. 노후생활이 준비가 부족하면 겨울 밤하늘에 떠 있는 그믐달처럼 처량하고 한이 서려 보인다.

노인이 되고 나면 건강이 약해진다. 어쩔 수 없는 자연의 순환이다. 아무리 튼튼한 승용차도 연수가 쌓이면 고장이 잦아지는 것과 다를 바 없다. 나이가 들면 현장에서 물러나니 자연적으로 수입이 적어지고 주머니가 얇아진다. 사람 노릇 하기가 어렵다. 친구들도 하나둘 떠나고 이웃도 소원해진다. 외로움이 자기도 모르는 사이에 파도처럼 밀려온다.

퇴임 후에 여건이 허락되면 당분간 활동기로 지낼 수 있다. 취미활동 봉사활동 또는 약간의 수입이 있는 경제활동도 가능하다. 하지만 가능하면 돈 버는 일은 그만하고 다른 일을 하는 것이 좋다고 한다. 무엇보다 건강이 중요하다. 건강은 자신이 돌보고 지켜야 한다.

활동기가 지나면 회상기가 오게 된다. 지난날을 돌아보고 정리가 필요한 일은 미리 정리하여, 물려줄 일이 있으면 과감하게 물려주는 것이 좋다.

얼마 전부터 노후 체험을 하러 가자고 아내가 졸라댄다. '아니 별 체험도 다 있다.' 교직 관계기관에서 운영하는 요양 처에 체험을 해보자는 것이다. 숙박은 무료이며 식대만 내면 된다는 것이다.

친구 내외와 가기로 했다. 시설이 깨끗하고 다양한 취미활동을 할 수 있도록 갖추어져 있다. 시간을 보내기는 무료하지는 않을 것 같다.

먼저 와서 자리 잡고 있는 사람들에게 물어보았다. 불편한 것은 없는지, 지낼만한지, 대부분 시설과 환경에 만족한다고 하였다. 고급 노인 복지시설이다. 우연히 만난 한 분은 서예를 하고 계셨다. 어떻게 이곳에 오게 되었느냐고 물어보았다.

자식이 삼남인데 둘은 미국에 한 명은 일본에 거주하여 부부가 이곳으로 왔다고 한다. 생활이 편하며 자식들에게 염려를 주지 않아 좋다고 하였다. 식사도 좋으며 주변 환경도 전형적인 시골이라 심신心身이 편하다고 하였다.

나는 수년 전 재임 시에 잘 아는 목사님이 경영하는 노인 요양원에 몇 번 방문한 적이 있다. 요양원이라 하기보다는 오갈 데 없는 노인들을 모아서 관리하고 있는 차원이었다.

그곳에 오는 노인들은 첫째 재산이 없어야 올 수 있었다. 돈을 가지고 오겠다면 거절하였다. 돈을 가지고 오면 좋을 것 같은데 왜 그럴까? 돈을 가지고 오면 요구 사항이 많아지고, 돈이 없는 노인들과 차별이 생기기 때문에 정말 오갈 데 없고, 경제 능력이 없는 노인들만 받는다고 하였다.

그들은 요양원에서 해주는 대로 불만이 없으며 방침에 순종하였다. 어쩌면 돌보기에 편하다. 나는 그곳에 갈 때마다 초점 없는 노인들의 시선을 보고 나도 언젠가 저렇게 되겠지 하면서 돌아오곤 하였다. 이제 코앞에 노후생활이 기다리고 있다. 아니 이미 시작되었다.

아침에 힘차게 솟아오르는 해도 아름답지만 황혼의 지는 해도 아름답다. 아침에 해가 돋을 때 주변에 장애물이 없어야 아름답게 보인다. 구름이 끼거나 안개가 자욱하면 멋진 해돋이를 볼 수 없다. 지는 해도 붉은 노을이 길게 퍼져있는 멋진 장관을 보여주려면 주변에 걸림돌이 없어야 된다.

노후도 마찬가지다. 어려운 장애물들이 없어야 아름답게 보일 수 있다. 노후 체험은 꼭 특별한 시설에 가야만 하는 것은 아니다. 이제 일상생활이 노후 체험 생활이다. 매일 체험을 하듯이 지나면 된다. 노후 생활을 아름답게 하게 되면 그믐달처럼 애절하고 애절한 여운을 남길 수 있을 것이다.

# 그냥 가세요

퇴임 후에는 운전할 일이 줄어버렸다. 바쁜 일이 그렇게 많지 않으니 웬만하면 대중교통을 이용하고 가까운 거리는 걷는다.

내가 운전면허 시험을 칠 때는 응시자들이 엄청 많았다. 학과시험이 100점 만점에 70점이 커트라인이었다. 합격하여 만세를 부르는 사람을 보았다. 그는 조수 생활을 오래하여서 실제 운전을 잘하지만 운전면허가 없었다. 번번이 학과시험에 떨어졌는데 열한 번 도전하여 합격하였으니 감개무량하였을 테지.

운전면허는 살인면허(?)이니 정말 조심하라고 선배가 일러주었다. 자동차는 살인 병기이니 운전대를 잡으면 목적지에 도착할 때까지 방심하지 말라고 당부하였다. 초보 운전자들이 사고율이 적다고 한다. 사고는 운전에 자신이 생기면 자만할 때 생길 수 있다.

무사고로 10년 정도 운전을 하고 나니 나도 모르는 사이 방심하는 것 같다. 근래에 접촉사고가 몇 번 있었다. 인명사고가 아니면 작은 접촉사고는 수습이 그렇게 어렵지는 않다. 사고는 내가 잘못해서 일어나기도 하지만 남의 잘못으로 당하기도 한다. 나의 잘잘못과는 관계없이 사고는 마무리될 때까지 골치 아픈 일이다.

한번은 사거리에서 신호를 받고 서 있는데 뒤에서 꽝하고 받아 버렸다. 깜짝 놀랐다. 젊은이가 운전 미숙으로 신호를 옳게 보지 못했다. 내가 잘못한 것이 없었지만 뒤처리에 시간을 빼앗기고 마음이 쓰였다.

얼마 전에 서울에서 내려온 친구들과 영덕대게를 먹으러 간다고 신바람이 났다. 내가 운전대를 잡고 안내까지 하게 되었다. 늘 서울 가서 신세를 지니 오늘은 갚아보려고 마음을 먹은 탓인지 말수가 많아졌다. 차선을 바꾸려다 부주의로 접촉사고가 났다. 내가 잘못하였다.

연락처를 주고받고 헤어졌다. 이틀 후에 연락이 왔는데 수리비가 제법이다. 보험사로 연락을 하여 처리하기로 하였다. 보험사 직원이 사고지점을 정확히 물어보며 도로가 몇 차선인지 점선인지 실선인지 물어왔다. 나는 자세히 보지 않아 모른다고 하였다.

저녁에 아들 녀석이 와서 사고 이야기를 하니 요즘 교통사고는 한쪽이 백 퍼센트 무는 일이 거의 없으며 차선을 묻는 이유는 점선이면 끼어들기가 허용되니 적용률이 달라진다는 것이다. 좋은 공부가 되었다.

며칠 전이다. 우측으로 차선을 바꾸려는데 갑자기 소형차 한 대가 휑하니 지나가더니 덜커덩하고 앞에 멈추었다. 접촉사고다. 내가 주시를 못 한 것이다. 내리는 기사는 여자다. "미안합니다. 못 보았습니다." 하고 말을 건넸다. 뒷문 부근에 조금 끌렸다.

그는 어디엔가 전화를 하더니 자기 남편이 온다고 하면서 "사장님이 백 프로 잘못하였습니다. 잘 보고 차선을 바꾸셔야죠." 하면서 나무란다. 나는 가만히 있었다. 차선을 보니 흰 점선이다. 끼어들기가 가능한 곳이다.

조금 있으니 남편이 차를 몰고 도착했다. 남편은 점잖아 보인다. 나에게 어떻게 되었느냐고 묻는다. 내가 우측으로 차선을 바꾸려다 접촉이 되었으니 명함을 주면서 알아서 수리를 하라고 했다. 내 명함을 가만히 보더니 웃으면서 "그냥 가세요." 한다.

나는 의아해서 "왜 그러세요. 수리를 하셔야죠. 내가 부담할 테니 하세요." 남편은 웃으면서 차를 몰고 사라져 버렸다. 이상한 일이다. 부인이 나에게 "교인이세요?" 묻는다. 나는 직감적으로 이들이 기독교인임을 알았다.

나는 명함을 사회생활이 시작되고 줄곧 사용했다. 처음 직장이 회사에서 출발한 탓인지 명함 사용이 몸에 배였다. 교직에 입문해서 명함을 사용하니 주위 사람들이 깜짝 놀랐다. 뒤에 안 일이지만 교직은 평교사는 거의 명함을 사용하지 않는다. 관리직이 되면 명함을 사용하는 것이 통례通例이다. 그런데 나는 분교에 처음 발령받아가면서 명함을 찍어서 갔으니 지금 생각해도 웃기는 일이다. 학교를 옮길 때마다 명함을 새로 만들어서 사용하였다.

그러다가 관리자가 되고 나니 명함을 주고받을 일이 자주 생겼다. 나는 명함 이름 밑에 괄호를 해서 교회의 직분을 넣어 두었다. 한번은 어머니회 간부 한 사람이 교장실에 와서 상담을 하던 중에 명함을 건네주었다. "어머, 교장 선생님 장로님이시네요. 이렇게 명함에 새겨둔 분이 참 드문데요." "예, 교인이 밝혀야죠." 그의 태도는 너무도 달라졌다. "사람들 앞에서 나를 시인하면 나도 하나님 앞에서 너를 시인하리라." 성서의 말을 나는 기억하고 있다. 교인들 중에는 자기의 직분을 드러내기를 꺼리면서도 존경받기는 좋아하는 사람이 없는 것이 아니다.

나는 퇴임 후에는 명함 제일 위에 내가 좋아하는 성구를 한 줄 넣어두었다. 명함을 사용해서 손해를 본 적도 여러 번 있었지만 오늘은 너무도 기분이 좋다. 그동안 겪은 수모가 단번에 사라진다. "그냥 가세요." 나도 언젠가 그렇게 말해보리라.

"그냥 가세요. 괜찮아요."

# Agape의 집

귀농귀촌 인구가 부쩍 늘었다. 경북지역이 전국 최고로 인기가
높다고 한다. 여러 가지 요인이 있겠지만 지자체에서 적극적으로
유인책을 홍보하고 또한 혜택도 있다.

직장 생활을 하다가 퇴임할 무렵이 되면 전원주택을 마련해보
려고 계획하는 사람들도 수가 늘어간다. 도시 생활에 지치기도 하
고 사람의 수명이 늘어나니 조용한 시골 생활이 그립기도 하다.

퇴임 몇 년 전부터 전원주택지를 물색하려고 시간이 나면 고향
을 비롯해서 도심지에서 그렇게 멀지 않은 곳을 여러 차례 다녔지
만 쉽게 구해지지 않았다.

뜻이 있는 곳에 길이 열린다더니 퇴임 일년 전에 우리 집에서
그렇게 멀지 않은 곳에 주말 농장을 마련했다. 가진 돈이 모자라

서 퇴직금을 미리 대출 내어서 해결되었다.

몇 년간 농사를 지으면서 마을 주민들과도 친해지고 농사기술도 익혔다. 농업기술센터에 다니면서 귀농귀촌 교육도 받고 귀촌 생활에 필요한 원예교육도 받았다.

막상 집을 지으려니 가족들이 찬성하지 않는다. 컨테이너 박스 정도로 농가주택 형태로 하면은 돈도 적게 들고 관리도 편하다는 것이다. 그보다 더 근본적인 반대는 지금 집을 지어서 이사도 가지 않고 둘째 집[Second House]으로 사용한다면 과다한 비용을 들이 필요가 없다는 것이다.

생각해보면 틀린 말이 아니다. 하지만 지금 집을 짓지 못하면 전원주택은 영원히 끝장이라는 생각이 들었다. 누가 반대해도 강행하기로 마음을 정하고 모자라는 돈을 대출을 내었다. 뒷감당이 좀 불안하기는 하였다. 하지만 주사위는 이미 던져버렸다.

건축업을 하는 아우에게 집을 지으라고 말하니 대답만 하고는 도대체 시작을 하지 않는다. 아내가 아우에게 집을 짓는 것을 보류하도록 언질을 준 것이다. 우여곡절 끝에 집이 착공되었다. 그런데 진도가 늦다. 별 수익이 없는 공사이니 아우가 일꾼들과 자투리 시간에 짬짬이 일을 한다.

자그마한 집이 착공 8개월 만에 완공이 되었다. 반대하던 가족들도 어쩔 수 없게 되었다. 가정 일을 내 고집대로 한 일이 거의 없는데 이번만은 내가 고집을 꺾지 않았다. 가족들에게 미안한 마음도 없는 게 아니다. 가족들이 모두 찬성해서 지었다면 지금보다 훨씬 좋게 지을 수 있었을 텐데 하는 아쉬움이 남았다.

전원주택을 잘 지어서 시골에 가서는 적응하지 못하고 도로 자기 살던 곳으로 귀환하는 사람도 제법 있다. 여러 가지 이유가 있겠지만 지역에 적응하지 못하는 가장 큰 이유는 '3척 동자' 때문인 경우가 허다하다.

지나치게 '있는 척'하는 사람은 현지에 적응하기 어렵다. 경제 능력이 대단한 척하면서 지역민들의 길흉사를 외면한다든지 또는 지역 대소 행사에 전혀 협조하지 않으면 곧 왕따 신세가 되고 지역민으로부터 외면당한다.

많이 '아는 척'하는 사람도 지역민들은 좋아하지 않는다. 시골에 살아도 정보를 훤히 알고 있다. 농산물을 판매할 때는 전국 정보를 검색해서 최고 호가를 하는 거래처로 농산물을 보내는 농민들도 상당하다. 거의 모든 정보가 공유되어있다. 좀 알아도 어수룩하게 그들에게 자주 묻고 그들과 동조하는 것이 좋다. 괜히 '아는 척'하면은 사람들은 좋아하지 않는다.

지나치게 '잘난 척'하는 사람도 역시 따돌림 대상이다. 요즘 세상에 못난 사람이 없다. 나름대로는 다 많이 배우고 잘나고 똑똑하다. 괜히 왕년에 자기가 무엇을 했다고 뽐내고 으스대다가는 하루아침에 찬밥 신세가 된다.

'3척 동자'로 소문나면 자기도 모르는 사이에 떠돌이 신세가 되어서 전원생활을 접고 원위치로 돌아가야 한다. 겸손해야 환영받을 수 있다.

전원생활에 잘 적응하는 사람들은 대부분 '3사'를 잘하는 사람들이다.

'인사'를 잘하는 사람은 남녀노소 누구에게나 호감이 간다. 인사는 먼저 보는 사람이 먼저 하는 것이 좋다. 어린 아이나 어른이나 누구에게나 먼저 인사하면은 반가워한다. 내가 사는 부근에 장長급 부부가 새집을 짓고 이사를 왔다. 주민들이 처음에는 경계를 하였다. 하지만 이들 부부가 남녀노소 없이 너무나도 깍듯이 볼 때마다 인사를 하므로 경계가 없어졌다. 곧 마을에 동화되었다. 인사는 사람을 가깝게 만든다.

'감사'할 줄 알아야 한다. 시골 생활이 감사하다고 생각해야 한다. 자연환경에 늘 감사하고 지역민들에게도 감사하는 마음을 가져야 된다. 작은 일에도 감사하고 밝은 얼굴로 사람을 대하고 좀 불편하고 힘들어도 내색하지 말고 감사해야 사람들은 좋아한다.

'봉사'해야 한다. 지역에 작고 큰일이 생기면 빠지지 말고 봉사할 줄 알아야 현지에 빨리 적응할 수 있다. 시간이 맞지 않거나 여건이 맞지 않을 때는 최소한의 협찬으로 참여해야 한다. 조금 어렵고 귀찮은 일이라고 빠져버리면 마을에 동화되기 어렵다.

내가 아는 친구는 전원생활을 하러 시골 마을에 갔다가 봉사왕이 되었다. 그는 그 마을에 봉사단체에 가입하여 특히 마을 어르신들을 정성껏 섬기므로 칭찬받는 주민이 되었다. 그 마을에 없어서는 안 될 사람이 되었다.

나 역시 마을에 적응하기 위해서 십년이 넘는 세월을 투자해서 주민들과 친해지고 가까운 이웃과는 더욱 친밀해졌다. 전원생활에 자신감이 붙는다.

내가 지은 집을 Agape의 집이라고 이름을 지었다. 우리 가족과

나 혼자만이 편안히 쉬려는 생각을 접었다. 우선 나의 주위의 사람들과 같이 지내보려 한다. 형제 친척 친구들과 그리고 이웃들과 함께 지내는 그런 쉼터가 되도록 생각하고 있다.

늘 감사하면서 지내려 한다. 주민들과 자연경관에 감사한다. 다정하게 대해주는 이웃들에게 감사한다. 맑은 공기 시원한 바람 무엇보다 아침저녁으로 지저귀는 이름 모르는 산새들에게 나는 감사를 보낸다. 오묘한 자연을 주신 조물주에게 더욱 감사를 보내고 싶다.

# 작은 결혼식

근래 모 언론사와 여성 가족부가 공동으로 작은 결혼식을 약속할 사람들을 회원으로 모으고 있다. 만시지탄晩時之歎이지만 언론사가 앞장을 선다는 것이 상당히 바람직하다. 신랑 신부가 될 사람과 그 부모가 대상이다. 많은 회원이 확보되길 기대한다.

작은 결혼식이란 첫째 규모가 작아야 되며 경비가 적게 들어야 된다. 말만 작은 결혼식이라 하고 규모와 경비가 크면 의미가 없다.

그렇다면 규모와 경비를 얼마나 작게 하면 될까? 가가예문家家禮文이라고 가문이나 혼주에 따라 다를 수 있으나, 가까운 친인척과 소수의 지인들만 모이고 경비도 최소화해야 작은 결혼식이라 할 수 있을 것이다.

오래전에 나는 작은 결혼식에 대해서 들은 적이 있다. 가나안 농군학교 김용기 교장이 그의 아들 결혼식을 아마도 대한민국에서 가장 작은 결혼식으로 혼례를 올렸다고 생각된다. 결혼식에 신랑 신부 양가 부모 주례 신랑과 신부의 친구 둘, 은사恩師 두 분 심부름한 아이 양가 한 명씩 총 열세 명이 모여서 결혼식을 올렸다. 김 교장은 모인 사람이 적다고 이 결혼식이 무효인가 하였다. 가만히 보면 올 사람은 다 모인 거나 다름없다. 결혼비용도 60년대 초에 이천원도 안 되었다니 세월이 흘렀지만 지금 돈으로 환산해도 그렇게 많지 않을 것이다.

신랑은 신부에게 야생화 한 송이 신부는 신랑에게 흙 한 줌이 주고받는 예물이니 돈 들 일이 없다. 예단이나 신혼여행은 아예 생략되고 하객들에게 부조금을 받지도 않으며 대접도 없었다. 얼마나 작은 결혼식인가.

얼마 전에 친구가 딸 결혼식이라고 초대하였다. 청첩장에 화환과 부조는 사양한다고 적혀있었다. 참석 여부를 알려달라고 말미에 첨언되었다. 참석한다고 통보하였다. 하객 수는 제한되었지만 참석 인원이 백명이 넘었다. 작은 결혼식은 아니었다.

며칠 전에 부산에서 50대 남자 시각장애인이 아들과 딸의 결혼에 방해가 된다고 스스로 목숨을 끊어버렸다. 그는 유서에 곧 딸의 상견례相見禮가 있는데 자기가 방해 요인이라고 생각했으며, 얼마 전에 아들이 사귀던 여자가 멀어진 것도 자기 때문이라고 죄책감에 자살한 것이다.

웨딩마치에 부모의 피눈물이 흐른다면 결혼에 의미가 있겠는

가. 지금 풍조에 맞추어서 자식 두 명을 결혼시키려면 부모의 노후 대책은 쉽지 않다고 한다. 집 마련해주고 가재도구 다 채워주고 하려면 여간 힘든 일이 아니다.

보통 결혼식에는 참석인원이 많으면 혼주의 발채가 넓고 본전을 뽑는다고 수군거리기도 한다. 그동안 주고받은 부조금을 최대한 회수하는 것이 혼주의 능력이라고 한다.

며칠 전에 이웃에 지인 한 사람이 아들 결혼식이 있었다. 결혼식을 마치고 와서 괘씸한 사람이 한둘이 아니라고 푸념을 하였다. 청첩장을 보냈는데 자기는 자녀들 혼사를 마쳤다고 오지 않았다는 것이다. 대충 파악해보아도 수십 명이 넘는다고. 부조를 하였다고 백퍼센트 받는 것은 아니다. 하지만 최대한 갚아주는 것이 미덕이 아니겠는가.

길흉사에 가장 고통받는 지역이 제주도라 한다. 제주도는 부조 방법이 육지와는 판이하게 다르다. 결혼식에도 혼주 두 명에게 똑같이 부조금을 주며 흉사도 마찬가지로 상주들에게 부의금을 준다니 육지의 배가 넘는다. 어려운 사람들은 벌어서 부조하다가 하세월 보낸다고 탄식하는 사람들이 있다고 한다.

한때 가정의례준칙을 만들어 시행해보았지만 실효를 거두지 못했다. 오랜 관습을 깨기가 쉽지 않으며 기득권을 포기해야만이 가능한 일이다. 민초民草들이 스스로 이래서는 안 되겠다는 사회운동이 벌어져야 결혼문화는 바뀔 수 있다.

작은 결혼식은 사회지도층 인사들이 먼저 솔선수범 참여해야 한다. 서민들에게는 해라 하면서 자기들은 거창하고 화려한 결혼식을 한다면 저변 확대는 어렵다. 이렇게 불편한 결혼문화가 정착된 것을 바꾸려면 온 국민이 참여해야 가능하다.

선진국 대부분 나라에는 작은 결혼식이 정착되어 있다. 군이 사람들을 많이 모으려 하지 않으며 가까운 친인척 지인들 수십 명이 모여서 결혼식을 거행한다. 우리나라도 옛날에는 친인척과 한마을에 사는 사람들이 모여서 오순도순 작은 결혼식을 올렸다.

거창한 결혼식을 올렸다고 꼭 행복하게 사는 것이 아니다. 유명인사 중에 떠들썩하게 결혼식을 하고 얼마 지나지 않아 이혼하는 사람들을 더러 보았다.

청첩장이 오면 사람들은 납세고지서라 투덜대면서도 가봐야한다. 가을이 접어들면 결혼 시즌이다. 근래는 딱히 결혼 시즌이 따로 없다. 여름에도 결혼을 한다.

조용하고 작은 결혼식은 말로는 좋은 것이다. 그러나 실천하려면 기득권을 포기해야 가능하다. 본전을 찾아야 된다는 생각을 먼저 버려야 된다. 작은 결혼식이 정착되어 서민들의 고통을 덜어주고 부모들의 눈물을 걷어주기를 기대해본다.

# 육군 3총사

정확히 44년 만의 재회이다. 군대는 제대하면 모든 것이 끝이다. 전우애戰友愛라는 것은 전시에나 있는 것이지 의무 복무를 억지로 하는 병사들에게는 어울리지 않는 말이다.

군 복무가 의무사항이 아니라면 자원입대할 사람이 거의 없을 것이다. 자신의 병역 비리 때문에 입에 오르내리는 사람이 있는가 하면, 자식들의 병역문제로 온 나라를 시끄럽게 하기도 하고 대통령의 꿈도 접어야 하는 안타까운 일도 있었다.

군 통수권자가 군대 생활은 썩는 거라고 군 복무를 단축하는 것이 좋다고 발언하여, 상당한 기간 동안 회자膾炙되고 부적절한 언사였다고 지탄을 받기도 하였다.

내가 군에 입대할 무렵 병역면제가 그렇게 어렵지 않았다. 조금만 공을 들이면 빠질 수 있었다. 그 후 점점 병역관리가 엄해지고 투명해졌다. 훈련소에 들어가기 전에 며칠간 대기병으로 있을 때 병역면제의 유혹이 직간접적으로 뻗쳐왔다.

난 단호히 거절하고 군번을 받았다. 군번이 부여되고 나면 면제가 쉬운 일이 아니었다. 훈련을 마치고 특과병 교육을 거쳐서 근무할 부대로 배치되니 진짜 군 생활이 시작되었다.

후방 부대에 근무하게 되어 집에서 그렇게 멀지 않아 다소 안도감을 가졌다. 군인 교회에 출석해보니 선임들이 무척 따뜻하게 대해주어 더욱 좋았다.

사단급 교회이나 시설은 다소 부족해도 상하 간에 신우애信友愛를 느낄 수 있었다. 삼총사는 거기서 만났다. 남 병장과 박 상병 그리고 김 일병인 나. 우리는 계급은 달라도 나이는 비슷했다. 군대는 마치면 끝이 아니었다. 그렇게 만난 우리는 일생을 함께 가는 벗이 되었다.

남 병장은 제대하여 행정공무원의 길로 박 상병은 신학을 마치고 목회자의 길로 나는 교사가 되었다. 가끔 연락은 되었지만 세 사람이 함께 만나지 못했다. 나는 대구에 살게 되고 남 병장은 서울에 박 상병은 부산에 정착하게 되었다.

박 상병은 목사가 되고 나와 남 병장은 장로가 되었다. 하나님의 택함을 받은 것일까? 나는 서울에 가면 남 장로의 집에 드나들었다. 그는 사무관이 되어 지방대학에 근무하게 되어 대구에 와서 몇 해 있었다. 자주 만나게 되었고 두 가족이 그가 근무하는 학교의 수련관에서 여름에 함께 모여 피서도 하였다. 그 후 그는 서울로 가서 근무하던 S대학에서 퇴임하게 되었다.

박 목사를 가끔 만나보면 사심이 없는 목회자다. 작은 교회든 큰 교회든 그는 하나님을 생각하면서 목회하며 굳이 큰 교회를 욕심 내지 않았다. 그는 교회도 잘 다스리는 선한 목자였으며 자녀들도, 아들 둘 딸 하나를 반듯하게 키웠다. 딸은 우리나라 명문 여대 E대학을 마치고 선교사의 사모가 되어 영국에 있으며 큰아들 내외는 중등학교 교원이다. 둘째 아들은 모 기업의 사원으로 근무한다.

남 장로 역시 장로가 되어 교회를 바로 세우려고 자신을 버리는 모범 신자이다. 자녀들도 잘 키워서 딸은 목회자의 사모로 보내고 아들은 장로님과 함께 있다.

나 역시 하나님의 돌보심으로 큰딸은 권사의 가정으로 출가하여 아들 둘을 키우는 평범한 주부가 되었고 아들은 나와 함께 생활한다.

군 생활을 마치고도 전우애를 이어가기는 해병대가 최고다. 한 번 해병은 영원한 해병이라는 구호 아래 그들은 제대하고 지역별로 똘똘 뭉쳐서 목소리를 높인다. 기수에 따라 선후배가 확실한 해병대의 특수한 군 생활은 제대 후에도 선후배로 연결된다.

어떤 지역에는 해병전우회가 지역의 방범활동에 앞장서기도 하고 지역의 어려운 일에도 도움을 주는 미담 사례가 더러 있다.

육군은 병력은 많아도 해병대처럼 기수가 분명한 것은 아니다. 훈련소도 여러 군데 있으므로 출신 지역이 다르다. 제대하고 나면 응집력도 약하다. 하지만 우리 삼총사는 다르다. 비록 육군 출신이지만 끈끈한 정이 평생을 이어갈 것이다. 이제 우리는 시작이다. 석 달마다 서울 부산 대구에서 돌아가면서 초대하여 만나기로 약속되었다.

만나서 이야기하니 40년 전 일이 어제 일같이 생생하게 떠오른다. 울진 삼척 무장공비 침투사건, 안동 신 하사 극장 수류탄 투척사건, 김신조 무장공비 일당 남침 사건 등 파노라마처럼 지나간다. 이러한 사건 때마다 고생이 심했다.

특히 울진 삼척 무장공비 사건 때는 함께 근무하던 전우가 몇 명 희생되었다. 평소에 있었던 무장간첩 사건과는 판이하게 달랐다. 일종의 국지전으로 보는 것이 옳았다. 120명의 무장 공비들의 침공은 전투라고 보아야 될 것이다.

그 후 군 복무기간은 조금씩 단축되다가 김신조 사건이 터지고 소리 없이 3년으로 늘어났다. 남 병장은 관계없이 전역되고 박 상병은 한 달 정도 더 군 생활을 하였지만 나는 완전히 3년을 채우고 제대하게 되었다.

내가 교사로 근무할 즈음에 김신조가 우리 교회에 와서 간증을 하게 되었다. 집회를 마치고 김신조와 목사관에서 차를 마시면서 "내가 당신 때문에 군 생활이 늘어져서 골탕을 먹었다."고 했더니, 나처럼 이야기하는 사람을 자주 만나는데 가장 골탕을 먹은 사람은 김일성이라고 웃으면서 능청스럽게 둘러대었다. 자신은 자수한 것이 아니며 청와대를 까부수러 왔으나 실패하고 체포당하여 전향하게 되었다고. 김신조는 북에서 온 선교사라고 자랑스럽게 말했다. 듣고 보니 그 말이 의미가 있었다. 그 후 김신조는 신학을 공부하고 목사가 되었다.

이번에는 내가 삼총사 둘을 대구에 초대하였다. 다음은 박 목사가 부산으로 그리고는 서울로 남 장로가 초청하기로 약속되었다. 만나서 지난 아름다웠던 군 생활을 비롯해서 육군 삼총사의 이야기꽃을 피울 것을 생각하니 만날 날이 기다려진다.

# 반세기 만의 재회

정말 오랜만에 친구들을 만났다. 반세기 강산이 다섯 번 바뀌었으니 친구들도 낯설다. 어린아이 소년소녀의 얼굴에 세월의 흔적이 역력하다. 지나가는 날은 빠르고 기다려주지를 않는다. 그렇게 날개가 달린 듯이 훌쩍 지나가 버렸다. 나는 초등학교를 두 곳에 다녔다. 처음은 내가 자란 산촌山村 학교였다. 한 학년이 한 반이고 30여 명이었다.

5학년을 마칠 무렵 읍내로 전학을 갔다. 처음은 낯설고 적응이 어려웠다. 공부하기가 힘들었다. 아이들은 '촌놈'이라고 놀려대고 학업 차이가 어린 내가 생각해도 뚜렷했다. 하지만 시간이 지나면서 모든 것은 극복이 되었다. '촌놈'의 딱지도 떨어지고 공부도 탄력이 붙었다. 시골에는 학교에서 귀가하면 아이들의 할 일이 기다리고 있었다. 여름에는 오후에 소를 산으로 데리고 가서 배불리 먹도록 하여 해 질 무렵 몰고 집으로 오며 소 꼴을 베는 것이 아이들의 몫이다. 농사철에는 잔일을 거들어야 된다. 읍내는 아이들의 할 일이 특별한 것이 없었다. 공부에 전념할 수 있으니 성적이 자연적으로 올라가기 마련이다.

중학교 입학은 그때는 시험을 보았다. 가정 사정이 허락하고 그래도 다소 공부를 하는 아이들은 대도시로 진학을 하였다. 시골 친구들은 만날 기회가 없어져 버렸다. 고향에 가끔 가도 몇몇 친구들도 만나기 어려웠고 모두 만나기란 불가능했다. 반세기가 지난 근년近年에 느닷없이 시골 친구들이 모인다고 연락이 왔다. 너무나 반가웠다. 만사를 뒤로하고 달려갔다.

30여 명 친구들 중에 열네 명이 모였다. 어릴 때 모습이 거의 없다. 초로初老의 얼굴에 주름이 깊다. 모두가 지난 이야기에 꽃을 피우고 시간 가는 줄 몰랐다. 4월과 11월에 일 년에 두 번씩 만나기로 하고 헤어졌다. 옆 마을 '중희'는 옛날 모습이 그래도 조금 있었다. 제일 꼬마 '원숙'이는 키가 훌쩍 커버려서 낯설었다.

세월 앞에 장사 없다는 말이 새삼스럽다. 가을 운동회가 가장 기억에 떠올랐다. 운동장에 만국기를 걸고 교문에 개선문을 만들었다. 개선문을 만들기 위해서 선생님과 학교 뒷산에 올라가서 푸른 소나무를 베어 와서 멋있게 문을 만들었다.

반세기가 지났는데 어제 일같이 생생하다. 나는 운동에 그렇게 소질이 없었다. 달리기를 하면 등수에 들지를 못했다. 가을운동회가 열려도 상을 타기는 어려웠다. 운동회를 마치고 나면 선생님이 주는 참가상을 겨우 받아서 가기 마련이었다. 하지만 4학년 운동회 때는 달랐다. 1, 2등 가던 친구들이 넘어져 버려서 내가 상을 받게 되었다. 그해는 군 생활을 하던 삼촌이 마침 추석에 휴가를 와서, 운동회에 참석하여 마을대표로 각종 경기에 참여하여 삽과 괭이 등 농기구를 한 아름 타 주셨다. 삼촌은 군부대 육상선수였다. 100m를 11초대에 달리는 그 당시 우리나라 육군에서 수준급에 드는 육상 선수였으니 시골 운동회에는 당할 사람이 없었다.

반세기가 지나고 보니 옛일이 주마등처럼 지나간다. 교실이 모자라 오전 오후 수업을 하였다. 오후 수업을 하고 하교下校하면 해가 서산에 기운다. 산골길을 내려오면 무서움이 서서히 온다. 산에는 늑대 여우들이 가끔 나타나서 아이들을 해치고 심지어는 아이들이 늑대에게 물려갔다는 소문이 파다하게 퍼지기도 하였다. 그런 이야기를 전해 듣고 나면 학교 가기가 싫었다.

4학년이 되었다. 담임선생님께서 느닷없이 남녀 학생 짝을 지어 앉게 하였다. 나의 짝은 키가 작은 Y가 되었다. 당시에는 남학생들이 여학생들을 심심찮게 괴롭혔다. 나는 그만 Y를 내 곁에 앉지 말라고 윽박질렀다. 공부 시간에 복도에서 Y가 울고 있다가, 선생님께 발각되어 이실직고以實直告하여 나는 선생님으로부터 기합을 단단히 받고 교실 청소 일주일의 벌을 받았다. 그 후 남녀 짝으로 앉는 일은 없어졌다. 아마 선생님이 아이들이 싫어한다는 것을 눈치 채셨던 것 같았다.

지나간 그런 이야기들이 꽃을 피웠다. 친구와 술은 오래될수록 좋다는 것은 그냥 속담이 아니다. 오래된 친구는 만나면 스스럼이 없다. 이런저런 이야기를 아무리 하여도 그저 좋은 것이다. 시간 가는 줄을 모르고 이야기를 하였다. 모두 건강하게 오래오래 만날 수 있기를 기원하였다. 다음 만날 날이 기다려진다.

# 보름달과 동심초

지나고 보면 세월은 덧없이 빨리 지나간다. 지난여름이 너무 더워서 아무리 추워도 춥다고 말하지 않으려 했지만 그렇지 않다. 더우면 덥다고 추우면 춥다고 입에서 자신도 모르는 사이에 말이 나온다. 어쩌면 사람은 간사하다고 해야 할까.

곧 우리의 고유 명절인 설날이 오고 있다. 명절이라고 좋기만 한 것도 아니다. 그래도 명절이 없으며 모처럼 친인척의 얼굴을 전혀 볼 수 없을지도 모른다. 좀 귀찮아도 좋은 점도 있다.

설날이 지나고 나면 정월 보름이 있다. 근래에 지자체에서 보름달집태우기를 주민 단합 차원에서 큰 행사로 거행하는 곳이 제법 있다. 우리 아파트 부근에도 수년 전부터 구청 주관으로 달집태우기 행사가 규모가 커졌다. 겨울이 되면 달집태우기 준비가 서서히 진행된다. 아마도 가로수 가지치기로 모아진 나무가 운반되며 차근차근 쌓인다. 몇 년 전부터는 아예 달집태우기 자리를 벽돌로 다듬어서 잘 만들어 두고, 초겨울이 되면 부근을 말끔히 정리해서 달집태우기 행사를 준비한다. 보름달을 쳐다보고 일 년의 무사안일과 평강 번영을 비는 것은 민초民草들의 기원이다.

보름달을 쳐다보면 오래된 기억이 불현듯이 되살아난다. 중학교 3학년 때 고등학교 입시 준비를 하느라 시골에서 통학을 하다가 대구에서 하숙을 하게 되었다. 친척 형과 동인동에서 하숙을 하면서 학교에 다녔다. 등하굣길이 가깝지 않았다. 중학생 걸음으로 등교하는 데 거의 한 시간 정도 걸어서 다녔으니 하루의 운동이 충분했다. 그 당시는 학생들이 거의 걸어 다녔으니 불만이 없었다. 멀어도 학교에 다니는 것으로 만족했다.

그해 음력 정월 보름날 형이 친구들을 데리고 하숙집에 모였다. 그 당시 유행하던 '나이롱 뺑'이라는 화투놀이를 하여 점수가 낮은 사람이 돈을 내게 되는 게임이었다. 게임 중간에 정산해서 점수가 낮은 순서로 돈을 내어서 과자 종류와 과일을 나에게 사 오라고 하였다.

나는 신바람이 났다. 돈도 두둑이 받았고 가게에 들어서 과일 음료수 과자 종류를 듬뿍 사서 하숙집으로 왔다. 게임은 좀 더 계속되었고 과일과 음료수를 모두 맛있게 먹었다. 게임이 종료되고 모두 귀가하려고 방문을 열고 마루에 내려서니 신발이 모두 없어져 버렸다. 정월 보름이라고 구두를 반짝반짝 광을 내어서 신고 왔는데. 내가 과일과 음료를 사서 오면서 대문을 걸지 않고 들어

온 것이 화근이 되었다. 신발 도둑이 와서 모두 들고 가버렸다.

형의 친구들은 나의 헌 운동화와 형의 헌 신발을 겨우 신고 귀가했다. 미안한 마음이 오래 남아 있었다. 일이 거기서 끝난 것이 아니었다. 건넌방에 온 손님의 구두도 없어졌다는 것을 다음 날 하숙집 아저씨로부터 이야기를 들었다. 며칠 지나서 건넌방에 살고 있는 여선생님이 나에게 "학생 보름날 저녁에 대문을 열어두고 들어왔지?" 하면서 문초를 한다. 나는 아무 대답을 못 하고 가만히 있었다. 저녁에 형에게 건넌방 여선생님이 나에게 구두를 물어 내라고 하더라고 일러주었다. 형은 웃으면서 가만있으면 괜찮다고 했다.

그 후 나는 여선생을 주의 깊게 보기 시작했다. 여선생은 혼자 살고 있으며 말씨가 이곳 억양이 아니었다. 틈만 나면 동심초 노래를 크게 틀어놓고 감상하면서 따라 부르기도 했다. 참 이상하다는 생각이 들었다. 하루는 하숙집 아저씨에게 여선생님은 나이도 제법 많은 것 같은데 왜 혼자 사는지 물어보았다. 여선생은 북한에서 6·25전쟁 때 남하해서 시내 모 여중에 근무한다는 것도 알게 되었고, 그는 북에서 결혼을 약속한 사람이 있어 혼자 살고 있었는데 몇 년 전에 그 남자가 결혼하여 대구에 산다는 사실을 알았다. 하지만 이미 혼기婚期를 놓친 상태라 독신으로 살고 있었다. 가끔 저녁으로 오는 남자가 결혼을 약속했던 남자인 것 같다는 짐작을 하게 되었다. 구두를 분실한 것도 그 남자의 구두일 것이라고 생각되었다. 나는 그 후 동심초 노래를 즐겨 부르기도 하고 듣기도 했다.

꽃잎은 하염없이 바람에 지고
만날 날은 아득타 기약이 없네
만날 길은 뜬구름 기약이 없네
무어라 맘과 맘은 맺지 못하고
한갓되이 풀잎만 맺으려는고

그 여선생님은 사랑하는 사람을 만나기는 하지만 진짜 만날 날은 아득하기도 하고, 뜬구름처럼 기약이 없는 그러한 생활이 자신과 비슷하기 때문에 그 노래를 즐겨 부르지 않았는지 나 혼자 짐작하였다.

나는 학교에 근무하면서 그 여선생님을 가끔 생각하게 되었다. 그가 즐겨 부르던 동심초를 나도 좋아하게 되어 가끔 부르기도 하고 감상도 하게 되었다. 가끔 노래방에 가게 되면 음악 선생님에게 동심초를 신청했다. 음악 선생님은 동심초를 불러주고는 나에게 와서 무슨 사연이 있느냐고 묻기도 해서 지난날의 아련한 추억을 이야기해주면 때로는 앙코르로 한 번 더 불러주기도 했다.

곧 음력 정월 보름이라고 우리 아파트 부근 강 건너에는 보름달집태우기를 하려고 나무가 차곡차곡 쌓여간다. 달집을 태우는 날 보름달을 쳐다보면서 오래된 추억을 그리며 동심초를 한번 흥얼거려 보고 싶다.

# 우째 이런 일이

　사람이 기가 막히는 일을 당하면 "어째 이런 일이 나에게" 하기 마련이다. 가급적 그런 일을 만나지 말고 지나면 좋겠지만 내 맘 대로 세상일이 척척 되는 것은 아니다.

　나는 대체로 동물들을 좋아한다. 혐오스러운 것이 아니면 가까이 가 본다. 동물원에 가도 뱀이라든지 징그럽거나 무서운 동물들은 멀리서 보기 마련이다. 그렇다고 개나 고양이 같은 애완동물을 키우고 싶지는 않다.

　나는 어린 시절 개를 집에서 가족들이 함께 길러 본 적이 있다. 다른 사람들에게는 무섭고 사나운 녀석이었지만 주인에게는 충견 忠犬이었다. 그 녀석의 이름은 보스Boss였다. 두목다웠다. 미끈하고 잘생긴 장부다운 녀석을 아직도 기억하고 있다. 세월이 흘러도 늘 추억 속에 남아있다.

며칠 전에 텃밭 주택에 들러서 황토방에 군불을 지피고 왔다. 오늘도 불을 지피려니 고양이 울음소리가 들린다. 어디일까? 궁금해하면서 나무를 얼기설기 놓고서 부엌에 불을 때었다. 쌓아 둔 박스를 이리저리 정리해보니 이게 웬일인가? 고양이 새끼 두 마리가 배가 고픈지 죽어라고 울어댄다. 새끼 옆에 어미 고양이가 죽어있다. 나는 잠시 깜짝 놀라서 어미를 만져 보니 죽은 지 2~3일 되는 듯 싸늘하다. "우째 이런 일이?" 어미가 새끼 옆에서 죽다니?

일주일 전에 황토방 부엌문이 열려 있어 내가 닫고 집으로 갔다. 그래서 어미가 밖으로 나오지 못하고 먹이를 먹지 못하여 죽은 것이 분명하다. 생각이 여기까지 이르자 나는 괜한 죄책감이 든다. 죽은 어미 고양이에게 미안하고 불쌍한 마음에 온몸에 소름이 돋는다. 눈물이 핑 돈다.

살아남은 새끼 두 마리를 어쩌나? 우선 가족들에게 상의 겸 연락을 하였다. 불쌍한 마음은 이해하지만 집에 데려와서 기르는 것은 모두가 반대했다. 유기동물 보호소에 연락을 해봤지만 휴일이라 그런지 통화가 되지 않았다. 마을 이웃 어른들에게 자문을 구하러 이 집 저 집을 방문했다. 마침 옆집에 할머니 두 분이 계셨다. 자초지종自初至終을 말씀드리니 즉시 강에 버리라고 말한다.

근래에 시골에는 애완동물들 때문에 골치를 앓는다. 버려진 유기견과 고양이들은 농가에 적지 않은 피해를 주고 있다. 개는 들개가 되어 가축을 공격하는가 하면 길고양이들도 수가 기하급수

적으로 불어나서 감당하기가 어렵다고 한다. 각종 동물 애호단체
들은 뚜렷한 방책은 없으면서도 여차하면 동물학대라고 목소리를
높인다.

까치가 나라새[國鳥]로 지정될 때 환영하는 사람들이 허다했다.
나 역시 박수를 보냈다. 하지만 지금은 과수농가에 가장 피해를
주는 해조류害鳥類로 분류되어 반기지 않는다. 비둘기도 평화의 메
신저라고 좋아했지만 지금은 까치와 마찬가지로 농가에 피해를
주는 조류鳥類가 되어버렸다.

텃밭 일을 정리하면서 여러 가지로 궁리해보아도 새끼 고양이
에 대한 답이 떠오르지 않는다. 나는 이웃집 할머니의 말을 듣기로
하였다. 죽은 어미는 산에 묻어주고 새끼 고양이는 눈을 떴으면 가
만히 두어도 먹이활동을 할 수 있다는 할머니의 말을 들었다.

뒷산에 가서 큰 소나무 밑에 어미 고양이를 수목장을 해주었다.
그리고 새끼 두 마리는 어미 곁에 두고서 집으로 왔다. 자꾸만 뒤
돌아 보였다. '야옹야옹' 하는 새끼들의 울음이 귀에 들린다. 과연
살아남을까? 아니면 어미를 따라 하늘나라로 일찍 가버릴까? 마
음이 어수선하다. 내가 잘못하여 어미 고양이와 새끼들을 환난에
빠뜨린 것 같아 마음이 편치 않다.

'미안하다'는 말을 몇 번이나 되풀이했다. 새끼들이 무탈無頃하
게 잘 자라기를 바라면서 "우째 이런 일이 나에게……." 되뇌면서
집으로 무거운 발걸음을 옮겼다.

# 차라리 태어나지 말지

아이가 이 세상에 태어날 때 자기는 울지만 부모를 비롯해서 모든 사람에게 웃음을 준다. 허지만 장애아가 출산된다면 아이는 물론 주위의 모든 사람들이 깜짝 놀라며 비통해하지 않을까.

운명론자라면 다를 수도 있을 것이다. 하늘이 정해준 일이니 받아들이겠지만 대부분 '나에게 왜 이런 일이' 하면서 누군가를 원망할 수도 있다. 어느 장애아 어머니는 자신이 전생에 무슨 죄가 있어 이런 아이를 나에게 태어나게 했는가 하면서 하늘을 원망했다고. 또 다른 장애아 어머니는 이 아이가 이 세상에서 가장 사랑받을 부모가 자신이라고 점지하고 태어나게 했다고 감사한다고. 어쩌면 생각하기 나름이겠지만 평범하지는 못하다.

신체적 장애아는 태어날 때 부모들이 금방 알게 되지만 정신적 장애아는 시간이 지나면서 한숨이 나오게 된다. 아이가 자라면서 나타나는 장애는 부모의 애간장을 더 녹인다.

재직 시에 내가 하숙하던 집에 여자 어린아이가 한 명 있었다. 너무 자주 울기도 하고 아이 어머니가 화를 내어서 아이를 나무라는 소리를 여러 번 들었다. 하루는 아이에 대해서 물어보았다.

"선생님 죄송해요. 애가 자주 울지요?"

"아이들이 울기 예사 아닙니까."

"우리 애는 좀 달라요."

"다르다니요?"

"태어날 때 염색체가 하나 부족해요."

"예! 염색체라니요?"

"사람에게 XY 염색체가 있는데 그중에 하나가 부족하데요."

"그래서 애가 정상적으로 자라지 못해요."

"예, 그러세요."

아이 엄마가 눈물을 글썽거리면서 앞날이 걱정이라고 말한다. 의학상식이 부족하기도 하지만 염색체가 부족하게 태어난다는 이야기는 금시초문今時初聞이다. 아이 아버지가 화학 물질을 다루는 회사에 근무할 때, 아이가 태어나서 연관이 있지 않은지 아이에게 죄책감을 갖는다고 말했다. "차라리 태어나지 말지." 하면서 아이 엄마는 눈시울을 적셨다. 외모와는 관계없이 장애를 가진 사람들이 상당수 있다는 것을 그때 새삼 알게 되었다.

또한 희귀병을 앓는 사람들도 일종의 장애와 같다. 희귀병이 어릴 때 나타날 수도 있지만 성인이 되어 느닷없이 나타나기도 한다. 수년 전에 친척 한 사람이 근육 무력증이라는 병이 나타났다. 처음은 중풍 증세라고 약을 써 보았지만 효과가 없었다. 서울의 큰 병원에 가서 정밀 검사를 받았다. 결과는 거의 불치병인 희귀병으로 인구 백만명 당 한 명 있을까 말까 하다는 의사의 설명을 듣고 아연실색啞然失色했다. 환자뿐만 아니라 가족들도 절망하였다. 좀 시간이 지나니 체념하였고 환자는 일 년쯤 지나서 피골이 상접하여 재미있게 살 나이에 가버렸다.

장애라든지 희귀병이라는 말이 나오는 관계없는 먼 나라 이야기처럼 들렸지만, 가만히 보면 우리 곁에 가까이 있으며 느끼지 못할 뿐이다.

한 달 전에 가까운 형수 한 분이 희귀병을 오래 앓다가 별세하였다. 형수는 사범학교를 졸업하고 초등학교 교사로 있을 즈음 결혼했다. 마음이 순하고 누구에게나 베풀려는 심성心性을 가졌다.

내가 시골에 있을 때에 대구에 와서 친척 형님댁에 들르면 형수가 반가이 맞아주었다. 음식 솜씨도 좋고 손님을 편하게 해주어 밥 먹고 자고 가기가 어렵지 않았다. 손 대접하기를 좋아했다.

그러던 형수가 수년 전에 희귀병이 나타났다고 전해왔다. 몇 차례 방문하여 위로도 하고 대화를 나누었지만 완치 가망은 전혀 없다고 하였다. 그렇다고 금방 죽는 병도 아니라고 어찌 보면 부자병富者病이라 할 만하다. 약을 구하러 외국까지 다녀보았지만 효과가 없었다. 행여 중국에 가면 명의를 만날까 해서 둘째 아들이 하던 공부를 접고 중국으로 가서 한의학을 연구했지만 백약이 무효였다.

소뇌 위축증이라는 백만 명에 삼사 명 발병된다는 희귀병이라는 최종 결론이 났다. 작은 뇌에 이상이 생기면 운동 신경에 이상이 오고 서서히 사람이 말라서 죽어간다는 병이다. 기억력도 있고 말도 하지만 정상은 아니다. 성인이 되어서 발병했으니 가족들도 까맣게 몰랐다. 약간의 유전遺傳도 된다니 자식들 걱정도 이만저만이 아니다. 스스로 "차라리 태어나지 말지." 하면서 한탄을 했다.

얼마 전에 '닉 부이치치'라는 팔다리 없는 장애인이 TV에 나와서 자기의 역경을 이야기하는 것을 들었다. 그는 당당하고 달변가였다. 어릴 때 여러 번 죽으려고 시도했지만 뜻을 이루지 못하고 어른이 되었다. 그는 부모와 주위의 사람들의 도움으로 정상아들이 다니는 학교를 모두 마쳤다. 이제 그는 세계 여러 나라를 다니면서 자기의 삶을 소개하여 희망을 전해주고 있다.

또 한 사람은 팔이 없이 세상에 태어난 '레나 마리아'이다. 그는 자기가 할 수 있는 것이 음악이라고 생각하고 노래를 불러 여러 사람에게 감명을 주고 있다. 장애를 극복한다는 것이 쉬운 일이 아니지만 또한 불가능한 일도 아니다. 본인의 무한한 극기심과 주위 사람들의 적극적인 도움이 있다면 불가능은 없다.

장애나 희귀병을 단번에 치료할 만병통치약은 아직 개발되지 않았다. 허지만 의술은 점점 발전되고 있다. 얼마지 않아 불치병을 고칠 수 있는 의약이 발명되어 한숨으로 살아가는 희귀병 환자들에게 희소식이 오기를 기대해 본다.